BORIS, 1985

DE LA MÊME AUTEURE
AUX ÉDITIONS ZOÉ

Déployer, 2019

Les Printemps sauvages, 2021

CHEZ D'AUTRES ÉDITEURS

Romans et récits

Mopaya, histoire d'une traversée du Congo à la Suisse, éditions L'Harmattan, 2010

L'Embrasure, éditions du Mercure de France, 2010

Les Lignes de ta paume, éditions du Mercure de France, 2012

L'Oragé, éditions du Mercure de France, 2015

Théâtre

Ventrosoleil, Les sans-éditions, 2014

Mon Chien-dieu, éditions les Solitaires intempestifs, 2016

BD

L'Affaire Clitoris, avec Justine St Lo, Marabout, avril 2021

DOUNA LOUP

BORIS, 1985

ZOE

L'auteure a bénéficié pour ce livre d'une bourse d'écriture du Centre National du Livre et une résidence Pro Helvetia à Moscou.

Ma gratitude à Olga Weisfeiler, Veronika, Sergeï,
à tous les amis de Boris pour leurs témoignages,
à toutes les personnes qui m'ont aidée au Chili,
à Margarita Romero.

Merci à mon éditrice qui m'a encouragée
à persévérer et à ma marraine Nadia
pour sa précieuse relecture.

Merci à D d'avoir traversé l'océan, à mon oncle Luc,
et à la maisonnée de Chestnut Hill.

www.editionszoe.ch
Maquette de couverture : Notter et Vigne
Illustration : © Boris Weisfeiler en 1962,
reproduit avec l'aimable autorisation d'Olga Weisfeiler
ISBN 978-2-88907-093-0

Les Éditions Zoé bénéficient du soutien de la République et Canton de Genève, et de l'Office fédéral de la culture.

à Olga, Anna, Lev, Beaurhys, Julien
à mes filles

« Le lieu sûr de ma paix est une soif inassouvie,
un élan, un sursaut.
Ce lieu sûr est une traversée,
l'appartenance à l'espèce nomade
à qui jamais rien n'appartient. »

L'intranquillité, Marion Muller-Colard

Vino del mar

Début janvier 2018, je sors d'un concert avec ton prénom dans la tête, Boris.
Je viens d'entendre la chanson *Vino del mar*, dédiée à Marta Ugarte, jeune femme militante de gauche, torturée puis jetée à la mer d'un hélicoptère par les soldats de Pinochet en 1976.
Boris, mon grand-oncle, a disparu au Chili en 1985. Et cette chanson résonne comme un appel à me souvenir et à aller voir.
L'histoire de Boris n'a jamais été proche de moi, mais elle était là, elle faisait partie du paysage familial. Ce grand-oncle brillant, aventurier, mathématicien russe devenu américain, avait disparu mystérieusement aux abords d'une secte allemande au Chili. J'entendais alors des mots effrayants comme tortures, rétention, extrémisme…
Il y a un site sur Boris Weisfeiler. Nourri par sa sœur Olga, qui a passé plus de trente ans à se battre pour obtenir vérité et justice. Des recherches, des procès, des voyages, et toujours ce même flou quant aux faits. Le 5 janvier 1985, Boris randonnait au Chili, la veille il avait passé la nuit dans la montagne avec un berger, le matin il lui a dit au revoir et il est parti. Il est descendu près de la rivière El Ñuble, et c'est là que l'on perd sa trace. À moins de cent kilomètres de la

Colonia Dignidad, la tristement fameuse secte allemande suspectée de pratiquer la séquestration, la torture et bien d'autres atrocités au pied des Andes.

8 février 2018

Bonjour Olga,
Je te remercie pour la réponse rapide à mon message !
C'est Jacqueline (ma grand-mère) qui m'avait raconté l'histoire de son demi-frère Boris il y a longtemps déjà. Il m'est difficile de dire exactement les raisons de mon intérêt soudain… J'ai écrit deux romans qui retracent des vies, des destins. C'est une façon que j'aime beaucoup de parler d'histoires réelles avec le souffle de la fiction.
Je comprends que tu aies commencé mais pas fini ce « livre » dont tu me parles sur l'histoire de ton frère Boris. L'arrêt du procès au Chili et l'absence de « fin » est certainement très difficile.
À bientôt !
Douna

Et ainsi nous sommes-nous mises à nous écrire au fil des mois.
Et ainsi s'est esquissé mon projet de traverser l'océan pour aller la rencontrer à Boston et recueillir des témoignages sur Boris.
Et ainsi ai-je parfait mon anglais :
Olga : « Si je peux me permettre – en anglais c'est Chile car le chili est un aliment épicé originaire de Texas, US et du Mexique. »

En janvier 2019, après une année à bâtir mon terrain d'approche, une année à rencontrer Olga par e-mail, à lire, à tâtonner, ça a commencé vraiment. Le mouvement. Je suis partie avec mes filles qui quittaient l'école pour trois mois, nous avons pris l'avion pour New York puis le bus pour Boston et nous y étions.

Olga qui au début était à la fois méfiante et enthousiaste, Olga ne pouvait que constater que mes mots étaient suivis d'actes, que je ne bluffais pas par curiosité éphémère. J'étais là.

Boston, 13 janvier 2019

Il fait froid, les rues sont larges.
J'ai rendez-vous avec Olga à Brookline, à l'ouest de Boston. Olga est une étrangère familière. Grand-tante que je rencontre adulte pour la première fois. Elle ressemble à ma grand-mère. Ses petits yeux rieurs et remplis de mélancolie ne tardent pas à s'humidifier à l'évocation de son frère. Des lacs russes, ces yeux. Et sa langue anglaise roule comme une rivière brute. Elle nous laisse un pull en laine de plus, en bonne mère protectrice. Et des gants. C'est vrai qu'il fait froid en janvier à Boston. Nous nous reverrons dans quelques jours pour commencer les entretiens et planifier les rencontres avec les amis de Boris qui vivent à Boston. Le voyage commence là. Dans ce réel glacé qui court sur nos visages malgré le soleil. Je marche avec mes filles sur un trottoir gelé. Nous remplissons des sacs de vêtements chez Goodwill, un énorme magasin de seconde main où nous devenons folles au milieu de toutes les bonnes occasions suspendues dans les rayons. Elles nous promettent un confort bien plus adapté à l'hiver aux États-Unis que les vêtements de nos valises.

Mais un voyage, c'est toujours la remise en question totale des plans préétablis.

Les miens sont radicalement balayés par un accident à la patinoire. Tibia et péroné cassés, opération, nuits d'hôpital qui n'en finissent pas, le tout saupoudré d'une tempête de neige. Mon voyage prend soudain les allures d'un cauchemar.
Je dois le traverser, et j'y suis aidée. À ma sortie de l'hôpital, nous avons la chance d'être logées dans une incroyable maison partagée par deux amies de soixante-dix ans, leurs filles et la famille de chacune. Trois générations sous le même toit, plusieurs étages et une seule grande cuisine dans cette maison de bois de Chestnut hill.
Une semaine après mon accident, les rencontres commencent, me voilà en face de Veronika pour une première interview avec ma jambe dans le plâtre.

Boris prend de nouveaux contours. Mais il est aussi très fuyant, il est celui qui disparaît sans laisser de traces. Au début, m'avoue Veronika, après sa disparition au Chili, oui au début c'était comme d'habitude, comme cela avait toujours été, j'étais tellement habituée à ce qu'il disparaisse de ma vie brusquement et ne donne plus signe de vie, je m'attendais à le voir resurgir. Mais cette fois-ci les mois ont passé et il n'a plus refait surface. Il a bien fallu l'admettre, quelque chose n'allait pas. Quelque chose s'était passé.
Veronika est une grande femme élégante, ses yeux sont vifs lorsqu'elle parle de Boris, qu'elle a aimé.

Qu'elle a fréquenté plusieurs années, périodiquement car il et elle vivaient éloignés l'un de l'autre, mais intensément par leurs échanges faits de poésies, de randonnées et de passion pour les mathématiques. Il n'était cependant pas question de s'approcher trop de lui, il n'aimait pas le contact physique, ou il en avait peur, je ne sais pas, me confie-t-elle. Mais je me souviens très fort de lui.

Le lendemain de notre rencontre, Veronika m'envoie ce message :
Douna,
J'espère que vous souffrez moins.
J'ai des souvenirs qui reviennent par petits morceaux. Les mathématiques, d'une manière ou d'une autre, ont souvent été un sujet de conversation. Comme exploration, comme moyen de s'engager dans le monde.
Boris dirait que tout est dans ce poème de Mandelstam :

И я выхожу из пространства
В запущенный сад величин
И мнимое рву постоянство
И самосознанье причин

И твой, бесконечность, учебник,
Читаю один, без людей
Безлиственный дикий лечебник
Задачник огромных корней.

Je regarde ces mots incompréhensibles en cyrillique.
Aussi fermés que des équations mathématiques.
Beaux aussi dans leurs arabesques mystérieuses.
Je demande une traduction minute à Google, ça reste assez obscur.
Je contacte mon amie Maud, traductrice à Moscou, pour savoir si elle connaît ce poème et si elle peut m'en donner une meilleure version française.

Chère Douna,
Je suis très heureuse que tu m'écrives d'Amérique pour me poser une question sur Mandelstam ! Ton grand-oncle avait très bon goût. Je peux te faire une traduction à la va-vite et littérale, moins terrible que celle de Google :

Et je sors de l'espace
Dans le jardin négligé des grandeurs
Je déchire la permanence illusoire
Et la conscience des raisons

Et ton manuel, ô infini,
Je le lis seul, sans personne,
Tu es le seul livre de médecine, feuilles tombées,
Le recueil de problèmes à racines immenses.

Espace dans le sens d'espace-temps, grandeurs dans le sens de quantités ou valeurs, c'était fait

pour plaire à un mathématicien. C'est un poème très musical, ma traduction-minute ne rend ni les jeux sur le son ni les jeux sur les sens… Il passe du sens abstrait au sens « sensuel ». Le mieux est que tu trouves le texte bien traduit !
Bonnes recherches,
Maud

25 janvier 2019

Et je rêve à l'hôpital
que je ne me suis pas cassé les os comme ça bêtement
sur une piste de glace avec des patins
je rêve d'un lac sibérien et de liens secrets
d'un pacte invisible, d'os à os,
d'ancêtres à vivants
et du passage du sang comme d'une rivière
je rêve d'une initiation couleur blanche qui me cloue
d'une douleur telle après l'opération que je hurle
et claque des dents en m'agrippant à la table de chevet
je suis seule
mes filles sont chez Olga
il neige
mais je claque des dents et je ne peux plus parler pour dire
que le 10 sur l'échelle de la douleur est plus que franchi, il est explosé
et j'appelle Boris, et je lui en veux d'être là
dans cette douleur
et dans cette glace
dans mes souvenirs
et dans cette quête.
Os à os je lui dis dans mes nuits d'hôpital
je ne renoncerai pas, Boris,

si c'est ce que tu veux savoir.
Ce n'est pas parce que tibia et péroné de ma jambe droite sont brisés
que je vais prendre un avion de retour une semaine seulement après être arrivée.
Non, je vais faire avec.
Dans les nuits noires de l'hôpital
je ne remets pas en question ce voyage qui se fera, béquilles ou pas.
Douleur avec.

31 janvier 2019
Message de Veronika :

Chère Douna,
Mon mari David a eu une légère attaque. Il est en train de se rétablir mais il ne pourra pas vous parler cette semaine.
C'était très gentil de la part d'Olga de prendre des photos lors de notre rencontre, mais ma vanité m'a envoyé chercher mes photos de l'époque où je connaissais Boris !
J'ai été surprise d'en trouver quelques-unes d'un voyage dans le New Hampshire. J'avais complètement oublié que nous y étions allés. Une fois pendant ses vacances d'hiver, une fois en été. Cela pourrait être l'année 1983. J'ai l'air heureuse, il devait avoir son air habituel, mais il n'y a pas de photos de Boris.
Dois-je les déposer chez vous ? J'ai aussi un petit cadeau pour vos filles.
Faites-moi savoir quand c'est le bon moment.
Merci de vous être lancée dans ce projet !
Veronika

Veronika m'a raconté leur rencontre dans un salon. Le salon de la famille Kac, toujours empli d'amis russes passionnés des mathématiques.
Elle avait repéré ce grand silencieux, solitaire et jovial à la fois. Et lui et elle ne s'étaient pas tout

de suite parlé. Les deux étaient des timides dans l'approche. Il fallait d'abord se regarder de loin. Mais une fois le dialogue amorcé, il a duré des années. Veronika était divorcée depuis peu, et Boris, on ne lui a jamais connu d'idylle.
Il enseignait à Penn State University à ce moment-là. Les deux se voyaient donc rarement, lorsque Boris venait à Boston durant ses congés. Mais leurs entrevues étaient intenses.
Boris n'écrivait pas, ne téléphonait que pour dire, j'arrive dans deux jours et pour rien au monde, ces années-là, Veronika n'aurait manqué l'occasion de voir son ami.

1er février 2019
Nouveau message de Veronika.

Bonjour Douna,
J'espère que votre rendez-vous de vendredi s'est bien passé et que vous êtes sur la voie de la guérison.
Mes vieux souvenirs reviennent en force.
Je me souviens d'une des raisons pour lesquelles Boris n'aimait pas écrire de lettres, donner des cadeaux, laisser des traces de son passage dans le monde. Selon une tradition philosophique bien établie, Boris était convaincu que nos plus petits gestes avaient un impact imprévisible et possiblement énorme sur le monde. Le phénomène de l'effet papillon.
Il l'appelait en russe, СИЛА СЛОВА, Puissance de la Parole.
L'impact des mots va bien au-delà du destinataire.
Il modifie l'environnement qui nous entoure.
Boris arrêtait mon bavardage d'un geste, pour me faire savoir que le petit moi avait un grand impact rien qu'en parlant.
J'espère que nous nous reverrons cette semaine avant votre voyage.
S'il vous plaît, dites bonjour à vos merveilleuses filles. Elles sont très courageuses.
V

4 février 2019

Dans l'air froid de Boston, mon corps s'affermit. Je peux marcher de mieux en mieux avec mes béquilles, le plâtre qui emprisonnait ma jambe a pu être enlevé. Je dors sans me réveiller toutes les heures. Je mange des fruits avec mon oncle Luc venu à la rescousse. Je reçois beaucoup de soutien et suis bien entourée. La vie se passe doucement. Le rythme ne peut pas être celui espéré, moins de visites, d'interviews, de balades. La plupart du temps je suis immobile dans la maison. Pour ma première sortie nous allons voir la mer. Mes poumons s'agrandissent au contact du vent, le soleil et l'eau mouvante ouvrent mon horizon.
Je pense à toi, Boris, tu restes insaisissable.
Tu n'as de cesse d'échapper aux classifications, aux approches. Tu es une sorte de fauve très particulier que j'apprends à rencontrer dans les ombres. Il ne faut pas t'effrayer. Tu donnes beaucoup mais tu reprends tout aussi vite. Tu m'apprends à tenir bon, à lutter, chercher.
J'écoute Olga me parler de toi. Je m'assois dans son salon. J'ouvre ses vieux albums photos. Je ne sais toujours pas pourquoi j'ai eu l'élan si fort de m'intéresser à toi. Mais je sais que je suis faite de ce qui me précède, tissée de liens venant de loin. Je n'émerge pas du néant, je viens de ce terreau passé.

Aujourd'hui je rencontre Sergeï. Un vieil ami de Moscou.

«J'ai rencontré Boris quand je travaillais à l'ITEF de 1965 à 1968. Nous nous sommes vite trouvés des intérêts communs: la randonnée pédestre, les champignons sauvages, la collection de timbres-poste.

Mais nous nous sommes vraiment rapprochés en 1967, pendant la guerre des Six jours en Israël. Je cherchais à partager le peu d'informations qui nous parvenaient sur la guerre. Parfois, quelques infos passaient à la radio. Boris a eu l'idée d'acheter le journal yougoslave *Politika* (en serbo-croate). Il était vendu dans certains hôtels du centre de Moscou. Cela nous permettait de comprendre beaucoup de choses. Rapidement, nous avons découvert que nous avions la même attitude à l'égard du gouvernement soviétique et nous avons discuté franchement de tout. Boris se sentait juif au plus haut degré, comme moi.

J'étais fasciné et effrayé par les voyages en solitaire de Boris. J'aimais aussi partir seul toute la journée, à ski ou à pied, dans les bois près de Moscou. Mais je trouvais cela dangereux. En hiver, vous pouvez tomber, vous casser quelque chose, une jambe par exemple. Loin dans des lieux déserts, vous êtes condamné. Boris est allé dans des endroits très sauvages: il a fait des randonnées en Sibérie, dans le nord de la Russie près de Norilsk, il est allé dans la péninsule du Kamtchatka. L'approvisionnement en nourriture y est un problème sérieux. Je me considérais comme un touriste expérimenté, mais je me suis rendu compte que Boris était d'une autre trempe.

Dans ses provisions, il avait des produits que je ne connaissais pas, comme la viande déshydratée, les œufs et le lait en poudre, et d'autres choses de ce genre dont je n'avais jamais entendu parler.

Je m'inquiétais pour sa sécurité. Il aurait pu rencontrer des criminels qui fuyaient les camps de concentration, ou simplement des ivrognes agressifs.

J'avais un fusil de chasse – Tula single-barrel. À l'époque, les règlements étaient étonnamment peu stricts. Aucun permis spécial n'était requis. Je le lui ai prêté une fois, et cette arme lui a probablement sauvé la vie. C'est arrivé, si je me souviens bien, lors de son voyage près de Norilsk. Boris a été attaqué par un jeune ours, âgé d'environ un an, dressé sur ses pattes arrière il était plus grand que Boris. L'ours s'est précipité sur lui. Réalisant qu'il n'était pas sûr de l'atteindre à cette distance, il a attendu et a tiré quand l'ours était à environ cinq mètres. L'ours s'est arrêté et s'est enfui, laissant des gouttes de sang sur l'herbe. Boris m'a ensuite dit qu'il s'était senti à quatre pas de la mort, ce sont les mots d'un poème de guerre russe bien connu « *Et je ne suis qu'à quatre pas de la mort* ».

Boris est resté dans ma mémoire comme un homme fort, très indépendant et courageux, bien éduqué et intéressant. Les mathématiques étaient son métier et sa passion. »

Olga ne croit pas à cette histoire de fusil de chasse, Boris détestait les armes. Le jour où son neveu a reçu un pistolet en plastique pour son anniversaire, Boris lui a demandé de rendre le jouet.
Elle dit qu'il y a beaucoup de légendes sur Boris et ses expéditions. Elle a même lu quelque part que Boris avait fui l'URSS à pied et en bateau pour se rendre aux États-Unis !
En écoutant Sergeï me parler des grandes expéditions solitaires de Boris à Norilsk et ailleurs en Sibérie, je réalise que famille et amis se sont fait du souci à chacun de ses départs.

6 février 2019

Je me demande si cette jambe brisée n'est pas un avertissement,
un signe de fermeture.
Boris veut-il me faire taire, comme il disait à Veronika de cesser son bavardage ?
Boris me parle
on se fait signe
et un dialogue de muets s'improvise au-delà de la frontière
invisible.
L'effet papillon fait son œuvre,
de la chanson entendue à cette chambre de Boston où je suis alitée. Mais les auspices sont aussi lumineux, mes filles solides et rayonnantes, mon oncle venu m'aider, mon compagnon qui traverse l'océan pour nous rejoindre plusieurs semaines, les habitantes de cette maison si accueillante qui nous ouvrent les bras. Nous ne les connaissions pas hier, aujourd'hui nous sommes entourées d'une famille douce.
Judy est aux petits soins.
Il y a de la joie dans mon exil d'accidentée.
Les trois générations qui vivent là circulent et animent mon immobilité.
Pour l'instant les escaliers me sont infranchissables, mon royaume est au rez-de-chaussée.
Et dans ma nuit

je me dis que l'apprentissage de la douleur
est une force inculquée à mon corps.
Je me suis cassé les os
mes os repoussent
renouvellement des racines
dans l'arbre-famille.
Dans le noir de Boston je revois la neige, la glace
et le blanc de la seconde où mon corps bascule.
C'est ainsi que nos vies bougent.
Une musique. Un voyage, un virage, un souffle,
le passage d'un papillon et nous sommes propulsés
vers ce qui nous ouvre, explose nos programmes.

Moscou

Gyula, le père de Boris, est juif et hongrois d'origine.
À vingt ans en 1922, il fuit Budapest et les répressions après avoir participé au soulèvement populaire contre le gouvernement. Il termine ses études de médecine à Genève, où il rencontre Lucie, dite Loulou, avec qui il a deux filles. Ma grand-mère Jacqueline et sa sœur Madeleine. Dans la maison de Loulou, trois générations cohabitent. Le grand-père est obstétricien, c'est un anarchiste engagé, la grand-mère a quitté Irkoutsk, sa Sibérie natale, pour venir étudier en Suisse. Les tablées sont grandes, l'odeur du thé et le chant doux des balalaïkas emplissent l'appartement qui se transforme régulièrement en QG de réunions anarchistes. C'est une famille juive non-pratiquante. Dans son cabinet, le grand-père pratique des avortements en toute discrète illégalité et il n'est pas rare de le voir arriver dans la cuisine avec une cuvette de sang, vidée dans l'évier.
Gyula et Loulou se disputent beaucoup. Il est attiré par le communisme et rêve d'aller en URSS. Elle se sent anarchiste et ne le suivra pas. Gyula part pour l'Allemagne, puis il rejoint Moscou.

En Russie il rencontre Anna, une collègue neurobiologiste originaire de Minsk et juive comme lui.

Le voilà remarié en 1939, année où il est aussi arrêté et enfermé dans la prison de Taganskaya. Il y passe plus d'une année, suspecté d'être un espion envoyé par les Allemands, puis il est relâché en 1940, faute de preuves.
L'époque est aux tensions, le nazisme gagne du terrain en Europe, la guerre s'installe, et dans le petit appartement communautaire où le couple habite, Boris vient au monde. Deux mois après sa naissance, l'URSS est envahie par les troupes allemandes. Boris grandit dans ce tourbillon. Il a trois mois lorsque la famille est envoyée à Sverdlovsk près des monts Oural, où le couple va travailler dans un hôpital. Deux années passent et en 1943, quelques mois seulement après la naissance d'Olga, la famille est renvoyée à Moscou, et s'installe en banlieue, à Yauza. La forêt est proche et les enfants découvrent le refuge des bois. Souvent malmenés parce que juifs, Boris protège sa petite sœur du mieux qu'il le peut, mais le harcèlement est leur quotidien. Un jour, il est si méchamment battu en rentrant de l'école que ses parents le retrouvent sans connaissance sur le trottoir.
C'est une discipline de chaque instant que d'échapper aux bandes du quartier. Ce n'est que lorsqu'il est loin, dans les sentiers des bêtes, suivant les cimes et s'orientant comme l'eau des ruisseaux, que Boris respire tranquillement.

Yakutia-Moscou

En 1950, alors que Boris et Olga ont neuf et sept ans, leur père reçoit une invitation sans possibilité de refus. Il doit se rendre à Yakutia, au fin fond de la Sibérie, y organiser un service anti-tuberculose. Au bout d'un an, l'invitation est prolongée pour deux années supplémentaires. Anna souffre de cet éloignement forcé, elle écrit à son mari des centaines de lettres d'amour, qui régulièrement n'atteignent pas leur destinataire et lui reviennent, non décachetées. Ces liasses de lettres fermées, Anna les gardera jusqu'à la fin de sa vie.
Elle parvient quand même à rendre visite à son mari après plus d'une année de séparation et revient auprès de ses enfants avec pour souvenir de ce voyage un fossile de dent de mammouth.
Une année passe encore, Gyula est épuisé par l'isolement, les nuits polaires et le grand froid. Il contracte une encéphalite. Il s'en remet. Et il s'échappe de cet hôpital qui est devenu son camp sibérien.
Il est un fugitif, un renégat, et il n'est pas question de retourner à Moscou. Mieux vaudrait se rendre directement en prison. Alors Gyula choisit l'Ouzbékistan et à Tashkent, il commence une nouvelle vie. Il poursuit sa carrière médicale, épouse une jeune femme, et est à nouveau père…

Boris lui en a très longtemps voulu de les avoir ainsi abandonnés.
Après la mort de son grand-père en 1951, il se retrouve le seul homme du foyer. En 1953, alors que la famille n'a plus aucune nouvelle de Gyula, les enfants s'installent dans l'appartement communautaire de leur grand-mère Zilia. C'est un quartier de Moscou où il y a moins de violences, l'école a bonne réputation et surtout Zilia a du temps pour les enfants, tandis qu'Anna court plus de douze heures par jour pour tenter de gagner leur vie.

9 février 2019

Après les dernières interviews et un repas savoureux chez Olga, nous prenons la route.
Olga, devant sa porte, agite encore la main. La voiture est bien pleine, de souvenirs et de bagages. De Boston, nous allons rouler jusqu'à Washington, D.C. Le lendemain nous roulerons jusqu'à Roanoke, en Virginie. L'étape suivante, ce sera Asheville, Caroline du Nord, pour arriver dans la maison de mon oncle Luc et y passer quelques semaines.
Prendre la route.
Faire se dérouler le rêve du road movie américain. Les autoroutes à six voies, le Massachusetts qui défile derrière nos fenêtres, traverser le New Jersey, regarder le coucher de soleil orange sur Philadelphie.
Je suis assise à l'arrière, ma jambe allongée au milieu, je ne peux pas la plier.
Nous chantons. La petite famille est au complet pour cette traversée du nord au sud, huit yeux happés par l'immensité. Nous mangeons mexicain, nous croquons des frites, nous avalons des pizzas gigantesques. Je boite. Je souris. Je suis heureuse que tout cela soit possible. Dans mon état, je ne cesse de dépendre des autres. Je leur suis si reconnaissante de me permettre de continuer ce voyage. Mon compagnon se retrouve au volant pour mille kilomètres. Au mois de janvier j'étais

partie vaillante, j'emmenais seule mes filles pour trois mois. Je me sentais prête à tout assumer, à rouler sur les autoroutes américaines, à prendre le bus, le train, à parler anglais, à filer ensuite encore plus au sud, au Chili.
Et me voilà à avoir besoin d'aide pour prendre une douche, m'habiller. Ne rien pouvoir porter. Ne pas pouvoir cuisiner. Dépendre des autres. L'autonomie ce sera pour une prochaine fois.
Il est apparemment l'heure de ressentir la gratitude dans la dépendance, la reconnaissance et la vulnérabilité.

Moscou

Boris est un élève brillant.
Il gagne toutes sortes d'olympiades de mathématiques. Et après ses années de formations obligatoires, il prépare le concours pour entrer dans la plus grande université de Moscou. Il veut étudier les mathématiques. Mais les résultats du concours d'entrée tombent comme un couperet: Non retenu. Boris était pourtant certain d'avoir réussi. Il semble qu'on ne veuille pas de lui, et la raison, il la connaît, elle est inscrite en caractères majuscules dans son passeport: JUIF, alors qu'aucune autre religion n'est écrite ainsi en lettre majuscule dans le passeport des autres, non, il n'y a pas de CATHOLIQUE, d'ORTHODOXE, mais il y a les JUIFS et dans l'université d'État de Moscou dans laquelle Boris vient de tenter d'entrer, il y a un quota pour les JUIFS, un quota d'un ou deux pour cent, pas plus.
Boris trouve un petit boulot et s'inscrit quand même aux cours du soir de l'université. Après un semestre, il est remarqué pour ses excellents résultats et l'université se décide à le transférer dans le cursus normal. 1959, Boris a dix-huit ans. En 1963, il termine avec succès son mémoire de mathématiques. Mais les deux années de travail que Boris doit à l'État ne l'enchantent guère. Il est affecté dans une fabrique de lampes pour

laquelle il fait de la programmation, ce n'est pas sa passion. Dès qu'il le peut, Boris passe son temps libre à résoudre des problèmes algébriques autrement plus enthousiasmants.
En 1968, alors qu'il travaille depuis deux ans à l'ITEP, un institut de physique, Boris refuse de signer un document qui accuse son supérieur direct, un mathématicien renommé, Alexander Kronrod, d'activités « antisoviétiques ». Boris déclare en toute franchise que cette accusation est fausse. Cela lui vaut d'être licencié par l'institut et exclu de la Ligue des jeunes communistes. C'est la leçon qui coud entre elles les lèvres de Boris. Il gardera toujours par la suite une attitude de discrétion et de méfiance. Un mot de trop, un prénom, et on pouvait infléchir une vie entière.
Boris se retrouve sans travail et sans projet. Il est vite appelé à servir l'armée. Les jeunes hommes formés comme lui sont pourtant habituellement exemptés de service militaire. Mais la Ligue a dû se dire qu'un petit bain de patriotisme ne ferait pas de mal à ce jeune rebelle.
La dépression s'installe, il sait qu'en tant que juif, un séjour à l'armée sera synonyme de constantes persécutions. Au printemps 1969, il demande à être interné volontairement pour quelques mois en psychiatrie. Cet internement a le mérite de l'exclure définitivement de l'armée. Et Boris est encore hospitalisé pour dépression lorsqu'au mois de mai, son meilleur ami se noie dans le lac de

Plechtcheïevo. C'est une violente tempête qui retourne son canoë. Trois amis périssent dans cette tempête et aucun de leurs corps n'est retrouvé. Le lac de Plechtcheïevo est connu pour ses profondes grottes souterraines.

Boris aurait participé à cette expédition s'il n'avait pas été hospitalisé à ce moment-là. Sa sortie de l'hôpital lui permet de se joindre à l'équipe de recherches sur le lac. Les jours passés à chercher son ami le remettent en mouvement. Dans le froid. Sur l'eau. Face à l'immensité sans retour le désespoir n'est pas plus mince. Mais lui est en vie.

Après la perte de son ami, Boris part seul pour de longues expéditions. De plus en plus loin. Jusqu'en Sibérie et au Kamtchatka.

10 février 2019

Nous roulons des centaines de kilomètres.
Nous respirons l'air de Pennsylvanie lors des arrêts dans les stations-services. Nous regardons le continent déplier un peu de son mystère. Les terres dont parle Henri Bauchau dans *Le Régiment noir* se rapprochent. Des noms indiens apparaissent sur les panneaux de signalisation. Sentir la puissance et l'horreur de l'histoire des États-Unis comme si c'était une matière palpable. Pouvoir et douleur, émancipation et domination.
Nous faisons une pause d'une journée à Washington. Nous visitons le Museum of African American History. Il faut être solide pour tenir debout dans ce musée. Pour ma part, c'est en fauteuil roulant que je passe des fonds de cale des bateaux remplis d'esclaves aux bus de la ségrégation. Ce musée nous secoue les tripes.
Ma fille de dix ans écrit un article sur son blog pour raconter notre visite et finit par ces mots: « Heureusement ils se sont révoltés et ont gagné même s'il y a eu malheureusement beaucoup de massacres horribles! Maintenant il n'y a plus d'esclavage, mais du racisme il y en a toujours. »

Le lendemain avant de repartir nous rencontrons Anna, la fille d'Olga. Elle a longuement aidé sa mère dans ses recherches et son combat pour la vérité sur la disparition de Boris. Elle a fait avec elle tous les voyages au Chili, toutes les rencontres officielles. Et puis un jour elle s'est réveillée, elle a regardé sa vie, elle a vu que cette quête occupait toute la place, tout son temps, toute sa tête, et elle a eu besoin d'autre chose. Elle avait vingt-huit ans. Elle avait besoin de sentir la vie.

Aujourd'hui elle espère avoir un enfant, mais pour l'instant, dit-elle en me souriant, il se fait attendre.

Moscou

Boris a vingt-neuf ans lorsqu'il accepte de revoir son père de passage à Moscou. Vingt années se sont écoulées. Gyula est un microbiologiste de renommée internationale, il vit en Hongrie et voyage régulièrement pour participer à des colloques scientifiques. Boris est devenu professeur de mathématiques, il est immense et dépasse de beaucoup Gyula qui est petit et se fait vieux. Très vite il a plus de pitié que de rage face à cet homme marqué, soucieux, intelligent et comme loin, toujours loin des autres vivants.
Boris pardonne. Il prend le poids de sa main dans la sienne et il sait que désormais, pour le reste de sa vie, il a à nouveau un père, si tard soit-il. Mais il sent que ce sera plus à lui de prendre soin de l'autre que l'inverse, et cela le bouleverse et le rend triste aussi.

Moscou – Vienne – Rome

Les années s'enchaînent. Tu as trente ans. Tu es devenu professeur de mathématiques, mais tu es restreint de toute part. Tu n'as pas le droit d'imprimer tes travaux, tu n'as pas le droit de dépasser de trop, tu restes un professeur juif et qui plus est marqué du sceau qui te colle à la peau: « Anti-soviétique ».

Alors tu penses à l'exil. À l'envol, ailleurs. Avoir enfin le droit de sortir des frontières. Pouvoir vivre comme quelqu'un d'autre, pas toujours comme le pourchassé, l'intrus. Aller plus loin, donner de l'amplitude à tes travaux de mathématiques et à tes excursions dans les terres sauvages du monde. Cela te déchire le cœur car ton cœur est soviétique. Dans ces premières épaisseurs de chair, n'en déplaise au gouvernement, tu te sens russe, oui, que peux-tu te sentir d'autre, c'est là que tu as grandi. Tu as beau être doué pour les langues et en apprendre juste pour le plaisir, c'est le russe qui est ta langue première, c'est elle qui a brodé ton cœur et ton monde est entièrement là, famille et amis. Avoir plus de liberté c'est quitter tous ces proches.

Pour ne rien arranger, ta mère Anna a une attaque qui la laisse impotente en 1974. Alors que tu te décidais à demander l'immigration en Israël. Tu attends encore plusieurs mois, avec Olga vous vous relayez auprès de votre mère. Mais rien n'augure une rémission et tu as trente-trois ans Boris, tu dois bien vivre. Ta mère avant cet accident a sorti tout son argent et t'a dit c'est pour toi, pour partir. Tu sais que tu as son accord. Mais immédiatement après te l'avoir donné, tout son être s'est écroulé.

C'est en janvier 1975, un an après l'accident de sa mère, que Boris fait sa demande d'immigration en Israël. C'est sa seule carte de sortie. En tant que juif il peut demander de faire son « alyah ». Mais les relations sont tendues entre les deux pays et le voyage se fait par un détour. Une étape. Boris fait une demande de visa pour l'Autriche, il attend. Il veille sur sa mère. Il ne peut plus travailler. Ayant enclenché une procédure pour quitter le pays, plus personne ne peut l'employer. Il attend. Travaille des heures à la bibliothèque, passe du temps auprès de sa mère et un matin d'avril, les mains tremblantes, il déchire l'enveloppe et découvre que c'est oui, il peut partir, voler vers Vienne et faire ses adieux à Moscou.

À Vienne, la communauté juive est bien organisée pour ces expatriés en transit d'exil. Il est accueilli, nourri, conseillé pour la suite. Il doit se décider pour sa destination finale. Un poste l'attend en Hollande, mais il préfère opter pour les États-Unis. Il n'ira pas en Israël.

Il transite par Rome. Là aussi la communauté juive se montre efficace, elle lui donne de l'argent pour se nourrir et se loger, et avance aux exilés le montant des vols vers leur destination finale, qui sera remboursé ensuite, dès l'obtention d'un travail dans le pays d'arrivée.
Boris attend son visa. Il a assez d'argent pour se nourrir, découvrir l'Italie et même envoyer son surplus de richesse sous forme de livres d'art et de vêtements à sa famille à Moscou. Olga lui écrit de garder cet argent : construis ta nouvelle vie ! Boris lui répond, ce n'est que de l'argent.
Il prend le train, dort dans les gares, se lave dans les rivières, il voit Florence, Pise, Venise, un jour à Rome il est si près du pape qu'il pourrait le toucher, là par hasard sur une place prestigieuse, et ce moment l'émeut, même s'il n'est pas croyant.
Il passe deux mois en Italie. Le temps d'expérimenter autre chose que l'URSS, de vivre dans son corps une nouvelle liberté de mouvements, de respirer l'Europe par tous ses pores. Boris, l'apatride, marchant sur la piazza del Popolo, buvant un café noir, mangeant près des fontaines, goûtant au printemps italien du renouveau. Avoir simplement le droit d'exister. Boris a trente-quatre ans.

12 février 2019

À Roanoke, pour la première fois, je parviens à faire un pas sans béquilles de la chaise au lit. Cela me paraît phénoménal. Je viens de franchir un gouffre.
Le lendemain nous roulons toute la journée.
Éblouissement le long des Appalaches.
Nous passons près de la vallée de Shenandoah.
Près des forêts. Je regarde la terre écorchée, chérie, occupée.

New York

Le 24 juin 1975, Boris atterrit à New York City. Il prend un train pour Chicago et dort à l'hôtel. Le réseau d'entraide des immigrés juifs l'accompagne dans sa recherche de travail et il trouve une place d'assistant à l'université du New Jersey. Dans sa première lettre, il décrit les immenses tours et la vue étonnante qu'il a sur la ville depuis le petit appartement dans lequel il passe ses premiers mois.

La vie est nouvelle ici pour Boris. Elle est dure. Une autre dureté que celle de Moscou. Une dureté solitaire et froide. Elle est enthousiasmante aussi. Libre et ouverte. Elle est un nouvel espace à découvrir et des rencontres possibles. Il y a beaucoup d'amis à trouver et à retrouver, grâce à la famille Kac à Boston.

Boris tisse des complicités avec des mathématiciens, il travaille beaucoup et peut se consacrer à ses recherches. Il publie des papiers, il écrit : *Nous considérons un algorithme pour la réduction d'un multigraphe fini.*

Il étudie l'arrivée du nouvel invariant dans un graphique.

Discute des conjectures de l'algèbre.

Fait des hypothèses sur les caractéristiques des vecteurs.

Avec Andrei Leman, ils mettent au point et publient l'algorithme Weisfeiler-Leman. Cet algorithme est encore très utilisé et étudié aujourd'hui.
Il cherche, trouve, publie, randonne, il enseigne, lit de la science-fiction, il aime cuisiner, marcher, il n'aime pas les concerts, c'est bruyant, il trouve que le président Reagan est un bon président, il discute, lit les journaux, son accent russe s'estompe très rapidement, il soigne sa diction. Mais sa famille lui manque et il est apatride.
Pas moyen de sortir du pays tant qu'il n'aura pas son passeport en bonne et due forme. Il appelle au moins une fois par mois sa mère et Olga. Sa mère ne peut plus parler mais elle l'entend. Boris raconte sa vie, elle écoute, absorbée, et lorsque l'appel est fini, Olga la voit pleurer. Il fait les démarches pour obtenir la nationalité américaine mais cela prend du temps.
Le 12 avril 1977, c'est le jour du « Kosmonaut ». À Moscou, on célèbre avec d'immenses feux d'artifice l'anniversaire du premier vol spatial habité réalisé par Youri Gagarine seize ans auparavant. Anna sombre doucement dans son lit, la fête inonde le ciel de ses couleurs, lorsque les feux s'éteignent, Anna part dans un dernier souffle, elle a soixante-quatre ans. Boris ne peut pas se rendre aux funérailles, il n'a toujours pas de papiers. Sa sœur lui décrit les dernières heures de leur maman et les funérailles moscovites. Il attend quatre années supplémentaires avant de recevoir son passeport.

15 février 2019

Boris,
j'ai honte parfois de parler de toi que je ne connais pas.
Toi qui étais si discret. Tu n'aimais pas causer de trouble, évitais de faire du bruit dans le fracas du monde. Tu es passé dans cette vie pour comprendre un peu de sa musique, la traduire en mathématiques, cette musique du vivant, la jouer, sourire à tes amis et tout à coup disparaître pour toujours sans laisser de traces. Laisser une équation sans résolution. Une dissolution.
Il paraît que tu écrivais de la poésie. Mais je n'ai retrouvé aucun de tes poèmes. Tu les as emportés dans ton silence. Tu les récitais simplement par cœur à quelques amis proches. Ils n'étaient pas écrits ailleurs que dans ton cœur, ces poèmes. Ils flottent dans la musique du monde. Si je tends bien l'oreille, puis-je encore les entendre ?
Oui, parfois je doute d'être à ma place, ai-je bien le droit de fouiller dans ta vie, d'être intrusive avec un mort ?
Puis je pense à la joie d'Olga que je partage sa quête, au sourire de Veronika, et je me dis que du côté des vivantes, cela ne peut être qu'un enrichissement, ce projet qui me fait briser les lignes, traverser plusieurs frontières et tenter l'impossible.

J'ai entre les mains le recueil *Poèmes de Moscou* (1930-1934) d'Ossip Mandelstam, traduit par Henri Abril.

« Et je m'en vais, quittant l'espace,
Au jardin des grandeurs en friche,
Sarcler l'illusoire constance
Et les causes qui trop s'affichent.

Tu vois, Infini, je lis seul
Ton manuel où tout s'invente,
Ton herbier sauvage et sans feuilles,
Ton livre de problèmes aux racines géantes. »

Budapest

1981. Boris l'Américain peut prendre un avion pour Budapest et y retrouver pour une semaine sa sœur Olga, son neveu Lev et son père qui est de plus en plus faible.
Il fait de longues promenades à son bras. En silence ils marchent le long du Danube.
Boris parle à Olga de sa vie américaine, elle lui donne des nouvelles de Moscou. Olga est enceinte de sa fille Anna et se sent fatiguée. Elle se remémore cette semaine qui a passé si vite et où elle ne se sentait pas en grande forme, c'était un vrai cadeau de se revoir, c'était trop court, mais si réjouissant. Se parler, raviver ensemble les liens et voir l'avenir s'ouvrir un peu plus large. Lev n'a pas revu son oncle depuis six ans mais ils se sont beaucoup écrit, Boris lui envoyait toutes sortes de livres et de revues scientifiques. Le contact était resté vif. Boris décrit à Olga son petit appartement loué au sein même du collège où il enseigne en Pennsylvanie. Il n'a aucune envie d'acheter une maison, être propriétaire lui semble une trop grande contrainte, pas envie de se soucier du toit, du gazon, de la neige… il se sent chanceux d'avoir de quoi manger sans problème, de quoi offrir à Olga et à son fils des vêtements et des livres. Pendant ces six années américaines, il a découvert

ce continent en parcourant ses grands espaces sauvages chaque fois qu'il avait des vacances.

La petite famille se revoit deux ans plus tard à Budapest.
1983, Anna a un peu plus d'un an, c'est la première fois que Boris la rencontre, personne ne sait que ce sera la dernière. Boris revient d'un grand voyage en Chine et en Inde. Il ramène des cadeaux et des récits de ses découvertes. Il a profité d'une conférence en Chine pour faire ce voyage asiatique. C'est l'été et cette fois Boris passe plusieurs semaines à Budapest avec sa famille. Gyula est hospitalisé, il a la maladie de Parkinson. Mais ils sortent régulièrement ensemble pour des promenades dans le parc. Cet homme qui a eu plusieurs vies et tant d'épouses se retrouve seul la plupart du temps. En janvier 1984, Boris retourne à Budapest pour passer ses vacances d'hiver auprès de lui, il continue les petites marches à son bras, il prend soin du vieil homme. Et en avril Gyula s'éteint. Olga, Lev et Boris se retrouvent pour les funérailles.
Boris passe beaucoup de temps avec Lev, ils font des mathématiques et il lui apprend la programmation. Ils vont au cinéma voir *E.T.*, et le 19 avril Boris fête avec eux ses quarante-trois ans. La prochaine fois, dit-il, ils viendront le voir aux États-Unis, cela lui plairait de leur faire découvrir le

pays où il vit depuis maintenant neuf ans. Il y a des larmes cachées dans ses yeux lorsqu'il quitte Olga et Lev. Ces adieux lui font mal. Ces continents mettent trop de kilomètres entre eux. Boris aimerait tant réduire l'équation.

Asheville, 17 février 2019

Dans la maison de mon oncle Luc, je me déplace sans béquilles, c'est la joie. Nous pourrons peut-être poursuivre au Chili comme prévu.
Il y a trente ans, Luc a suivi aux États-Unis un maître spirituel auprès duquel il a vécu plusieurs années. Mon oncle d'Amérique comme nous l'appelions dans la famille, vit aujourd'hui ses derniers mois sur le continent américain. En avril il rentrera définitivement en Europe, l'exil outre-atlantique prend fin, c'est le retour aux racines. Boris n'a pas eu le temps d'avoir ne serait-ce que le droit de remettre un pied dans son pays natal, son exil de Moscou aura été définitif, était-il pour autant exempt de nostalgie ?

Carnet de Boris

Il existe quelques carnets de voyage de Boris. Écrits en russe et traduits par Olga en anglais, et que je traduis à mon tour en français.
Je peux enfin entendre directement la voix de Boris.
Deux traductions me séparent de sa langue. Mais dans ces notes simples, je sens sa présence. La saveur de ses descriptions. L'attention portée au vivant, les détails relevés durant ces longues marches en solitaire. Comme dans ce carnet du Canada où il a voyagé l'été 1981.

3 - 7
Arrivée le 3 juillet à 19 heures.
Piste d'atterrissage de l'aéroport non pavée. Un taxi m'a conduit à Mayo pour 3 $, puis Indian Sam m'a fait traverser la rivière Stuart pour 10 $. J'ai marché jusqu'à 23 heures. Je n'ai pas trouvé d'eau et j'ai monté ma tente pour la nuit. Un oiseau intéressant m'a survolé et a émis des sons effrayants. Le lendemain, j'ai repris la route, mais j'ai décidé qu'elle n'allait pas dans le bon sens et je l'ai quittée. Puis j'ai erré dans les marais et je suis sorti pour aller vers une rivière. J'ai pensé que c'était le Lac B. Kalzas.
Un oiseau « amiral » noir avec une marque rouge chassait les mouettes pour une raison qui m'a

échappé. Je n'ai pas pu traverser la rivière. J'ai passé la nuit sur sa rive, puis je l'ai longée et suis arrivé au lac B. Kalzas. (J'ai trouvé un étrange champignon avec un dessous épineux.) J'ai fait le tour du lac et j'ai campé à nouveau pour la nuit. Il pleuvait. Le lendemain, je suis resté couché et j'ai dormi à cause de la pluie.

17 - 7
En traversant le lac B. Kalzas en direction du ruisseau Mist, j'ai vu des plantes noyées, dont une rose sauvage en fleur à un mètre sous l'eau. Au matin du 17, j'ai vu une sorte d'animal qui a grimpé sur un arbre puis s'est enfui. Le même jour, j'ai vu un lapin puis j'ai essayé mon réveil-alarme. Le lapin s'est approché pour voir ce qui se passait.

19 - 7
J'ai vu un champignon violet. Le chapeau gris-violet, les branchies inférieures violet foncé.

21 - 7
Ai vu un véhicule étrange.
C'est apparemment le véhicule qui a créé la route. Elle longe le ruisseau Russell, mais à de nombreux endroits, elle est très envahie par des arbustes à noix.

22 - 7
Arrêté par hasard par une ruche, mais les abeilles ne m'ont pas touché, bien qu'elles aient semblé agitées, probablement perturbées par le feu de camp.

23 - 7
Premier castor aperçu. Bien que je sois passé à côté d'un grand nombre de vieux barrages de castors.

24 - 7
Un petit rongeur a mâché une partie de ma cuillère en plastique. C'était la nuit, j'ai entendu que la cuillère était déplacée et je me suis demandé ce qui allait lui arriver. Un rongeur (probablement le même) s'est également glissé sous la toile de ma tente.

25 - 7
J'étais à North MacMillan River à 18 heures. J'ai fabriqué un petit radeau et je l'ai traîné sur la rivière. Ce faisant, j'ai failli le perdre. À un moment donné, le radeau était en eau calme alors que j'étais dans des rapides et nous avions du mal à rester solidaires... Après, c'était très dur, car le courant était contre moi. J'ai quand même réussi à le pousser jusqu'à la rive ; il a failli se renverser, mais j'ai pu le sortir de l'eau.

Asheville, 20 février 2019

Je bois du thé et j'écoute et rééécoute les voix enregistrées de proches qui me parlent de toi
Boris,
de ton sourire discret pourtant si grand ouvert
sur cette dernière photo où tu es chez tes amis
les Kac, cette famille qui est le centre névralgique
de tant de rencontres
et la mère Kac se fait du souci pour toi
quoi, tu vas encore partir dans un de ces pays sauvages,
mais qu'est-ce que tu vas y faire ?
Marcher
Mais qu'est-ce que tu vas y chercher ?
Sourire muet de Boris
Large sourire resté gravé dans la mémoire de ses amis
Il paraît que de nombreuses années encore après ta disparition
tes amis de Moscou se réunissent le jour de ton anniversaire
et appellent Olga, en souvenir
en hommage
en amitié encore,
comme elles et ils le faisaient de ton vivant
Toutes et tous réunis chez Olga à Moscou
et c'est toi qui appelais

tu n’as apparemment pas eu d’amours, Boris – en
tout cas pas déclarées
mais des amitiés fidèles
il y en a eu des nuées.

Canada 1981

26 - 7
J'ai vu un feu de forêt au loin. La fumée a atteint le ciel et a provoqué une pluie battante.

27 - 7
Ai traversé la zone du feu. L'incendie était petit, apparemment il a été vite éteint par la pluie.
J'ai campé près d'un grand lac marécageux. Les mouettes chassent les pies, je ne sais pas pourquoi.

28 - 7
Me suis rendu à la rivière S. MacMillan. Quelque temps après, j'ai trouvé une route avec du fumier de cheval dessus, j'en ai déduit qu'il y avait du passage régulier. Sur la rive opposée, au confluent d'un ruisseau, se trouvait une cabane en rondins. Il y a peut-être plus d'humains par ici que je ne le pensais.

29 - 7
J'ai marché le long de la route. Une bonne route, mais pas très entretenue. Beaucoup d'arbres ont été abattus. Il y a des marques sur les sapins et les trembles.
Puis je me suis dit que ce chemin me menait dans la mauvaise direction. Plus de fumier sur le chemin. J'ai tourné vers le sud et j'ai bien vite retrouvé

la rivière. J'ai fait un petit radeau et à 18 heures, j'étais de l'autre côté. La rivière est peu profonde mais avec un fort courant, je n'aurais pas pu la traverser sans le radeau. Je poussais le radeau, donc je n'ai pas eu besoin de nager, mais mes jambes étaient très fatiguées. J'espère l'avoir franchi avant le confluent qui m'intéresse. J'aimerais bien longer la rivière Riddell. Il est maintenant 20 heures. Il pleut (depuis 18 h 30).

30 - 7
Jour de repos. J'ai essayé de me sécher. Puis j'ai tout rempaqueté. Il reste assez de nourriture pour six jours. Très peu de sel. Le thé a presque disparu. Il pleut à verse.

31 - 7
J'ai atteint la rivière Riddell, je la longe comme prévu. Ai cueilli beaucoup de champignons. Vu une vieille cabane en rondins, mais il semble qu'il n'y ait pas de chemin pour y accéder. J'ai trouvé des framboises. Bien que j'aie assez bien marché, j'ai couvert peu de distance.

1 - 8
Au début, j'étais sur un bon chemin. Mais il a ensuite disparu. C'était probablement un sentier d'orignal. J'ai trouvé un buisson de groseilles à maquereau sauvages. J'ai mangé des champignons pour la quatrième fois, et à 18 heures j'ai

mangé du granola trempé. Vers 19 heures, j'ai entendu des bruits de hache venant de la rive opposée. J'ai décidé de ne pas m'approcher.
Jusqu'à 20 heures, j'ai couru sur des hauteurs. C'était très bien. Je n'ai aucune idée de l'endroit où je me trouve. Je dîne maintenant de champignons près d'un ruisseau. Hormis tous ces champignons, la nourriture manque.

3 - 8
J'ai retrouvé une route, mais je l'ai vite perdue. J'ai donc continué sans chemin. Jusqu'à 15 heures, il y avait du soleil et la marche était très difficile. Là encore, je n'ai aucune idée de l'endroit où je me trouve et de la distance qui me sépare de la route du canal. Je ferais mieux d'y aller vite. Maintenant, je vais manger des champignons. Encore.
Quand je me suis arrêté pour la nuit, un hélicoptère a décollé non loin de moi et a descendu la rivière Riddell. En voyant la fumée de mon feu de camp, il s'est retourné et a fait des cercles au-dessus de moi pour voir ce qui se passait.

5 - 8
Suis sorti de ma tente à 8 heures du matin. Ai tout de suite vu plusieurs personnes dans un canoë. Ils m'ont embarqué sur 30 km, puis quelqu'un d'autre m'a emmené à la rivière Ross. Cette personne transportait un orignal qu'il avait tué près

des lacs. J'étais à Ross River à 17 heures. Je voulais prendre l'avion, mais je suis arrivé trop tard et j'ai pris la route de Watson Lakes. Puis j'ai changé d'avis et me suis dit qu'il valait mieux prendre l'avion le lendemain. Je suis donc retourné à Ross River. Des géologues m'ont emmené et j'ai passé la nuit avec eux. L'un d'entre eux était très bavard et avait le don de philosopher. Il y a des Indiens par là-bas. Il a été invité à visiter leur village.

New York, 25 février 2019

Mon compagnon prend l'avion pour la France, il s'en retourne aux projets qui l'attendent de l'autre côté de l'océan. Avec mes filles nous volons vers New York. Nous sommes dans la grande ville pour une semaine, nous marchons chaque jour au moins sept kilomètres. Ma fille aînée nous fait le décompte le soir grâce à une application sur son téléphone. Je ne pensais pas que ce soit possible en béquilles mais je me sens étonnamment pleine de force. Le froid est saisissant, il me stimule. L'énergie de la ville aussi. Je me relie à sa pulsation. Une fois à l'unisson, il n'y a plus d'hésitation, nous sommes du sang dans ses artères. Longer les avenues. Battre le pavé. Monter en haut des tours et regarder la ville dans son immensité.
Nous visitons Ellis Island. L'impressionnant musée de l'immigration, le bâtiment dans lequel des milliers de personnes ont transité pour être acceptées, refoulées, triées et en grande majorité accueillies. Nous entendons un peu ce bruissement d'arrivée dans le monde nouveau.
Boris n'est pas arrivé à New York par Ellis Island. Cette île qui faisait office de gare de triage des émigrés avait été abandonnée en 1954.
Nous errons dans Chinatown toutes lumières en fête. Nous mangeons à l'étage d'un supermarché,

nous passons au Brooklyn Museum of Art, nous allons rencontrer Maria dans une demi-heure, nous cherchons la galerie.
Maria San Martin est une artiste chilienne. Son exposition a pour sujet la Colonia Dignidad, la communauté allemande fondée par Paul Schaefer au Chili dans les années 1960.
Je regarde l'étiquette du pain qui est produit encore aujourd'hui dans ce qui est devenu une ferme champêtre avec restaurant, hôtel, spa et petits chalets à louer près de l'étang. La *Villa Baviera*, ou comment transformer un camp où l'on a enfermé et torturé en ferme touristique.
La recherche artistique de Maria questionne la mémoire. Ses parents étaient engagés au moment de la dictature. Elle se méfie de l'oubli, veut de la clarté, de la confrontation, Maria veut regarder en face le visage des disparus qu'elle peint noir sur blanc.
Dans les rues, nous avançons bloc après bloc en direction de Times Square. Nous sommes dans le cœur palpitant de la grande ville qui gratte le ciel. Des images nous harcèlent le regard. Je me mêle à la foule et je revois en flash les visages en ombre en creux des disparus dans les œuvres de Maria. Ces visages qu'elle brandit telle une injonction à se souvenir. Je marche dans la foule et tout se lie et se superpose, les passants, les absents, le gouvernement de cette nation dans laquelle je circule a soutenu l'arrivée du général Pinochet par

la force en 1973 au Chili. Je marche sur les traces de mon grand-oncle disparu en 1985, cela me semblait loin au début, mais plus j'avance ici et plus son histoire se rapproche.

La nuit
je rêve et je mens à mes jambes je cours et je vole et je marche sur les toits de New York. J'entends le subway qui file et je donne la main à un oiseau, un violoncelliste donne un concerto dans un centre commercial et je me souviens du regard de Maria, je pars dans son pays bientôt et son regard fait comme un pont entre ce continent lointain qui nous attend et moi, la nuit à New York j'ai envie de sortir mais la nuit à New York en février il fait très froid, nous commandons un repas indien, nous revenons gelées dans notre deux-pièces du cinquième étage de la 9e Avenue, nous dormons, nous rêvons de landes et je pense à ce projet fou, je suis heureuse d'être là et de tout ce que cette poursuite d'un autre vivant me fait découvrir de moi-même et du monde.

Santiago du Chili, 8 mars 2019

Neuf heures d'avion nous séparent de Santiago. On s'envole, on dort, on mange, on ne dort pas, j'essaye mais je n'y arrive pas et je prends toute la place avec ma jambe alors mes filles ne dorment pas non plus, et on est épuisées, mais on arrive, l'Amérique du Sud est sous nos pieds, la chaleur nous enveloppe d'un coup, c'est une cape douce, et en taxi nous filons à l'adresse indiquée. Nous sommes accueillies par Claudia et sa famille grâce au réseau d'hébergement chez l'habitant, *Couchsurfing*. Nous dévorons une pastèque, la maison de Claudia est dans un quartier populaire, en face de la Población de la Victoria, célèbre quartier de résistance.

Il y a une petite cour devant la maison. Des musiques s'élèvent de partout, ça surenchérit de rythmes, de mélopées, de radios, nous sommes le 8 mars 2019 et pendant que nous nous installons dans la maison, que nous atterrissons dans cette saison estivale sans transition, pendant ce temps ce sont près de deux millions de femmes (selon les organisateurs) qui défilent dans les rues de Santiago, cela fait longtemps qu'il n'y a pas eu une aussi grande manifestation dans le pays, sans incidents, sans violence ni scandale. Mais un flux décidé et puissant de femmes, de chants et de visages, et dans les rues de la ville demain nous en verrons les traces violettes sur de nombreux murs, LA HUELGA GENERAL FEMINISTA ¡VA ! Nous sommes avec elles de loin, nous frémissons de chaleur sur la terrasse, nous savourons nos corps dénudés d'un seul coup, nous dormons comme des reines épuisées cette nuit-là, et le lendemain au matin, je sens que mon corps en entier est là. Que je suis arrivée, le Chili nous entoure.

Santiago, 9 mars 2019

J'ai rendez-vous avec Margarita Romero dans un café du centre-ville. Je commande un grand jus pressé, les filles ont envie de fraises, Margarita d'un café noir.

Margarita est la présidente de l'Association pour les Droits Humains et les Victimes de la Colonia Dignidad. Elle est aussi médecin. Toute sa vie est engagement.

Selon elle, plus de cent personnes ont trouvé la mort à la Colonia. Le cas de Boris, elle en a entendu parler. Cet Américain dont on a mystérieusement perdu la trace en janvier 1985 aux abords de la Colonia. Elle connaît bien Hernan Fernandez, l'avocat d'Olga au Chili qui a plaidé dans le procès contre les huit hommes accusés d'avoir participé à l'arrestation et au rapt de Boris. Hernan est l'avocat qui défend également les nombreuses victimes d'abus qui ont eu lieu à la Colonia. Margarita, enthousiaste à l'idée de m'aider, me promet d'obtenir un rendez-vous avec Hernan et se propose de jouer l'interprète.

La Colonia n'a jamais « fermé », s'insurge Margarita, il n'y a pas eu de perquisition sérieuse. De fouilles. Lors de la perquisition de 1996, les responsables avaient été prévenus, ils ont eu le temps de faire disparaître des preuves. L'immense terrain n'a jamais été exploré. Cela reste une zone privée, fermée. Et l'État ne fait rien. Nous militons, nous nous battons dans les procès, nous interpellons la justice mais rien ne bouge. Les enfants de ceux qui ont torturé et collaboré avec Pinochet transforment les bâtiments de torture en résidence touristique, et on les laisse mener leurs affaires sans aucun souci. Voilà la justice de mon pays aujourd'hui, une volonté de statu quo.

Nous avons quand même obtenu une chose, dit-elle, en janvier 2019, l'ouverture au public des archives perquisitionnées à la Colonia en 2000 et 2005. Elles avaient été à la disposition du juge Zepeda lors d'un procès, puis stockées dans les locaux de la police d'investigation chilienne. Elles sont depuis peu ouvertes sur demande. D'ailleurs si tu le veux, là aussi je peux t'aider à prendre rendez-vous.

Je sens que j'ai une alliée, et pas des moindres, pour ma première matinée à Santiago. C'est encourageant.

Santiago, 10 mars 2019

J'essaye de rassembler dans mon esprit ce que je sais sur la Colonia.
Je viens de terminer la lecture du livre *L'abominable Dr Schaefer, une secte nazie et pédophile dans les Andes* de Maria Poblete et Frédéric Ploquin. J'ai lu de nombreux articles de presse et regardé quelques documentaires, ma discussion d'hier avec Margarita est venue compléter le tableau.
En 1954, Paul Schaefer crée une secte en Rhénanie, c'est un prédicateur évangélique, et dans sa maison d'accueil pour jeunes orphelins, il viole de nombreux garçons. Accusé à plusieurs reprises, il fuit l'Allemagne, le Chili l'accueille à bras ouverts et il y achète en 1961 un domaine isolé de 3 000 hectares à 350 km au sud de Santiago pour créer sa Colonia Dignidad. Colonie de la Dignité ! Officiellement elle fait œuvre de bienfaisance. Ayant pour but d'accueillir, éduquer et soigner les nécessiteux. Il obtiendra ainsi beaucoup de privilèges (exemption de frais de douanes, d'impôts, aucun contrôle administratif). Schaefer bénéficie d'une totale liberté pour créer cette enclave allemande où il règne en maître absolu. L'Allemagne ne s'en inquiète pas, décrétant par l'entremise de son ambassade que c'est au Chili de régler ce qui se passe sur son territoire. En Allemagne, Schaefer

a du soutien, il reste une association qui le représente et gère une épicerie dont les bénéfices lui sont envoyés. Et lorsque la « menace communiste » fera craindre à Schaefer la perte de ses privilèges au Chili, les containers envoyés par l'association serviront à transporter des armes en cachette.

Il y a jusqu'à 300 habitants dans la Colonia, ces Allemands suivent le chef charismatique qui leur promet une vie enthousiasmante loin de l'Allemagne d'après-guerre. Les grands ennemis, pour Schaefer, ce sont la Russie et le communisme. Il prédit l'invasion imminente de l'Allemagne par les bolcheviques, l'émigration vers le Chili est la seule solution pour y échapper.

Dans la Colonia, Schaefer décide de tout. Il isole les hommes des femmes et sépare les enfants de leurs parents. « Dans les familles ce sont les parents qui sont responsables de tous les péchés de leurs enfants », dit le prédicateur. Plus de parents, plus de péchés. Cela confère à Schaefer le pouvoir de faire ce qu'il veut. Isoler les colons les uns des autres évite les liens intimes et les confidences. La famille crée de l'entre-soi, trop dangereux pour le chef. Il instaure un climat tendu, la confession est obligatoire et la délation recommandée. Personne n'ose parler. Se plaindre c'est risquer la punition. Les garçons violés taisent leur lourd secret. Pour ne pas être battus, torturés, enfermés, il vaut mieux obtenir les faveurs de Schaefer. C'est une véritable

usine d'exploitation humaine qu'il met en place avec ses bras droits. En complète autarcie.
La Colonia investit peu à peu dans divers commerces à grande échelle dans le pays et en Allemagne, ce qui garantit ses finances et sa puissance. Schaefer obtient le droit d'exploiter une mine, et la Colonia s'agrandit ainsi de 10 000 hectares. Lors de l'arrivée au pouvoir d'Allende en 1970, Schaefer craint pour sa tranquillité et fait alliance avec les opposants. Il promet de soutenir le coup d'État. La Colonia se met à assembler des armes, les colons vivent dans la peur des « méchants communistes » et entreprennent de grands travaux de clôture, fils de fer barbelés partout, forêt piégée et construction de bunkers isolés et de souterrains. Ces femmes et ces hommes renforcent, sans s'en rendre compte, les murs de leur prison.
Pendant la dictature de Pinochet, à partir du coup d'État de septembre 1973, la Colonia devient un espace très utile pour la Dina (police secrète chilienne). Usine d'armement, lieu de torture, d'enfermement, la Dina y bénéficie de formation et d'expérimentation.
Schaefer a testé pendant des années des tortures à l'électricité sur les enfants de la Colonia. La plupart de ceux qui les ont subies ont été rendus infertiles par les décharges reçues dans leurs parties génitales. La Colonia est directement opérationnelle pour les interrogatoires musclés des prisonniers politiques.

Il y a également une piste d'atterrissage, d'où l'on peut décoller ou arriver de l'étranger sans contrôle. Paul Schaefer a tout pensé pour faire de la Colonia son paradis et un enfer pour les autres. Les femmes et les hommes qui y vivent sont drogués quotidiennement, l'eau qu'ils boivent contenant des calmants. Exploités sans contrepartie, isolés dans un pays inconnu, ils et elles n'imaginent même plus pouvoir en sortir. En plus de trente ans d'existence sous la direction de Schaefer, seule une petite dizaine de colons a réussi à s'évader de cet immense camp.

Santiago, 11 mars 2019

Nuit, les rues s'animent de couleurs orangées, les voitures ne cessent de filer sur la route. La Población de la Victoire scintille de l'autre côté. Nous sommes allées contempler les fresques immenses peintes sur les murs du quartier San Miguel. Les habitants des immeubles invitent des artistes à peindre leurs façades. Nous avons passé des heures dans ce musée à *cielo abierto*. Un peu de cette force est entrée en moi. Cette force d'expression, cette beauté de couleurs. Elle est encore là, elle me soutient. Elle m'anime cette nuit, elle fait briller le revers de mes paupières. J'ai faim d'en apprendre plus sur ce pays qui vibre autour de nous. Et de démêler les fils de l'affaire qui m'amène ici.

Le nez sur les archives, je regarde les coupures de presse qui parlent de Boris et que la Colonia a apparemment collectionnées au fil des années pour savoir ce qui se disait d'eux et de la disparition de Boris au Chili. Elles sont vieilles et certaines annotées.
Dans un autre carton je trouve une carte postale de Pinochet, envoyée à la Colonia.
Je photographie des documents.
Je retrouve le premier rapport du détective privé Oscar Tapia Duran. J'ai déjà lu ce rapport en

anglais chez Olga. Des amis mathématiciens de Boris avaient engagé un détective pour mener une enquête sur place très rapidement après sa disparition.

Ce rapport avait été transmis en mars 1985 aux amis américains, deux mois après la disparition de Boris. Ce qui est étonnant dans le document que je trouve dans les archives de la Colonia, c'est que ce rapport est annoté au crayon à papier. Il semble que ce soit le brouillon en espagnol du rapport du détective ensuite traduit en anglais et transmis aux Américains. Lorsque je parle de cette trouvaille à Margarita, nous partageons le même malaise. Que fait ce brouillon dans les papiers de la Colonia ? Est-ce que cela signifie que ce détective privé n'était qu'un pion à la solde de la Colonia ?

Rapport confidentiel sur le séjour et la disparition du Dr. Boris Weisfeiler

(Document traduit de l'anglais. Rédigé par le détective privé engagé par les amis mathématiciens de Boris en 1985)

1. Le Dr. Boris Weisfeiler est entré dans le pays le 25 décembre 1984 à l'aéroport international Arturo Merino Benitez, à bord du vol 141 LAN, en provenance de New York. Il a présenté le passeport américain 40.033.331.

2. Du 25 au 26 décembre il est inscrit dans le registre de l'hôtel Alcazar à Los Angeles (à 488 km au sud de Santiago). Il prend une chambre pour la nuit et paye avec une carte de crédit. Le Dr Weisfeiler n'apparaît dans aucun autre registre d'hôtel du mois de décembre. Il peut donc être affirmé qu'il est parti dans les montagnes le 26 décembre.

3. Le 4 janvier 1985 approximativement à 20 km au sud du point où la rivière Los Sauces rencontre El Ñuble, sur la rive est de ce dernier, le Dr Weisfeiler rencontre le citoyen chilien Juan Lopez Benavides, berger des environs.
Selon Mr Lopez, ils parlent peu car le Dr Weisfeiler ne parle pas couramment l'espagnol, mais il l'informe de l'état de la zone dans laquelle ils se

trouvent, très surveillée pour cause de proximité avec la frontière argentine, et de la présence d'un poste de police à quelques kilomètres de là, où il ferait bien de passer se faire enregistrer.
Selon Mr Lopez, le Dr Weisfeiler porte un pantalon vert de type militaire et de grandes bottes noires.

4. L'après-midi du 5 janvier, le Dr Weisfeiler est aperçu par le frère de Mr Lopez. Ce dernier n'a pas pu être entendu car il est en voyage pour plusieurs semaines à la recherche de bétail. Mais il avait alors dit à la police avoir vu l'étranger marcher vers le nord sur le sentier longeant la rivière.

5. Pour des raisons de sécurité, les habitants de la région ont pour mission d'informer la police de la présence d'étrangers. Deux *carabiñeros* à cheval partent dans la direction de l'étranger signalé afin de contrôler son identité. Ils rejoignent la rivière Los Sauces et observent des traces de pas, vraisemblablement celles du Dr Weisfeiler, en direction de la rivière. Ils les suivent puis traversent la rivière mais ne retrouvent pas ses traces de l'autre côté. Ils se rendent au poste de police de San Fabián de Alico, où ils informent le capitaine Fernandez de leur recherche de l'étranger. Ce dernier part tôt le matin du 6, mais ne trouve aucune trace. Après cela il abandonne la recherche.

Lors de son témoignage, le capitaine Fernandez déclare que c'est une procédure normale, de chercher à savoir d'où vient une personne qui ne vit pas dans les environs, pour déterminer qui elle est et où elle se rend.

6. Depuis lors il n'y a plus aucune nouvelle du Dr Weisfeiler, jusqu'au 15 janvier 1985, date à laquelle le sac à dos du Dr est retrouvé. Segundo Contreras pêche dans la zone de Lagunilla, à peu près à 2 km en aval de la zone d'intersection des deux rivières. Il trouve là un sac à dos vert, immergé dans la rivière Ñuble et il va en informer la police à San Fabián.

7. Les carabiñeros fouillent le sac et trouvent des papiers au nom de Weisfeiler, comprenant une carte Visa, une carte du Chili tamponnée par l'université de Pennsylvanie et les objets suivants: un compas, un matelas gonflable, une petite tente, une paire de bottes, une paire de baskets, des pantalons (parmi lesquels le jean vert militaire) et 137 $. Il doit être noté que le passeport et le billet de retour n'ont pas été trouvés. Les objets susmentionnés ont été apportés au poste de police local de San Fabián.
Ensuite les carabiñeros informent leurs supérieurs, qui informent l'ambassade américaine et sur demande du consul américain, la disparition du Dr Weisfeiler est signalée à la cour criminelle

de San Fabián. Ceci est inscrit sous le numéro 3302 à la cour susmentionnée.

8. Par ordre de la cour, plusieurs opérations de recherches sont menées dans les environs de la rivière El Ñuble par les carabiñeros de San Fabián, les pompiers et les habitants de la région, mais sans résultat. Les 16, 17 et 18 février, 30 carabiñeros de Chillán, des hommes-grenouilles de la marine et un hélicoptère de police continuent la recherche avec l'aide de militaires qui sont dans la région pour un camp d'entraînement.

9. Nous nous rendons compte de la dangerosité des rivières de la région en discutant avec le personnel de la municipalité de Chillán. Il semble qu'elles soient difficiles à traverser, même si leur niveau d'eau est maintenant de 90 cm plus bas qu'au début du mois de janvier. Ces rivières ont des courants profonds circulaires, très difficiles à observer depuis la surface, le fond de la rivière a en outre des cavités cachées dans lesquelles un objet peut rester emprisonné jusqu'à ce que le niveau le plus bas de la rivière soit atteint.
Mr Ricardo Garrido, un pompier de San Fabián de Alico qui a participé aux recherches, nous informe que les hommes-grenouilles ont eu de sérieuses difficultés avec les courants profonds de la rivière Ñuble.

10. Il doit être mentionné que les empreintes de pas découvertes le 5 janvier ne furent plus observées ensuite, probablement à cause du temps écoulé.

11. L'investigation de la vie privée des personnes qui furent en contact avec le Dr Weisfeiler ainsi que de la personne qui trouva le sac à dos prouve qu'elles sont bien connues dans la région et passent pour des personnes de confiance, incapables de mener des activités criminelles. Elles n'ont pas de casier judiciaire.

12. Il a également été mis en évidence qu'il n'y a pas de groupes armés, politiques ou criminels dans la région où le Dr Weisfeiler s'est perdu.

13. La possibilité que le Dr Weisfeiler soit à la Colonia Dignidad peut être écartée, puisque cette dernière se trouve à plus de 100 km de l'endroit où il a été vu pour la dernière fois.

NOTE : Mon opinion personnelle, basée sur cette investigation, est que l'on peut écarter la possibilité que le Dr Weisfeiler ait pu être victime d'un vol ou d'une agression par des voleurs de droit commun, ou qu'il ait été assassiné par des professionnels, le motif ne peut être le vol puisque des

objets de valeur ont été retrouvés intacts dans son sac.
Sur la base de l'investigation, on peut donc déduire que le Dr Weisfeiler a été victime d'un accident dû à son ignorance des rivières Los Sauces et Ñuble.

Oscar Tapia Duran
Santiago, 4 mars 1985.

Quartier Pedro Aguirre Cerda, Santiago, 12 mars 2019

L'oncle et la tante de Claudia, chez qui nous sommes logées, sont d'accord pour venir discuter avec moi des années 80 au Chili, et plus particulièrement de leurs souvenirs de l'année 1985. J'ai besoin d'entendre quel était le contexte, l'ambiance de cette année. Marco et Maria militaient et étaient très impliqués dans les événements qui secouaient leur pays. Les deux sont surpris par l'histoire de Boris, qu'il soit venu au Chili en 1985 pour randonner dans les Andes leur paraît étonnant. N'était-il pas impliqué d'un côté ou de l'autre ? Que cherchait-il ? C'était quand même une dictature et la tension était grande.
À partir de 1983, le soulèvement populaire s'est amplifié, l'unification des différents mouvements d'opposition au régime de Pinochet a redonné de la force à la révolte. La pression montait et la répression aussi.
Marco fait le lien avec les gilets jaunes en France. C'était pareil mais pas seulement le samedi, c'était tous les jours, et en face la police n'hésitait pas à tirer. Lors de la venue de Boris, l'effervescence était importante. On était loin d'une ambiance paisible. La débâcle économique avait creusé les écarts et approfondi la pauvreté. La rage n'en était que plus puissante. Le gouvernement essayait de

faire face au désastre en proposant du travail aux hommes, des travaux de voirie payés une misère, sans aucune cotisation retraite ou santé, une précarité soutenue par l'État.
Dans les Poblaciónes, des comités de femmes organisaient des marmites communes, *la olla comunitaria.* Elles rassemblaient tout ce qu'elles trouvaient de légumes et de denrées diverses et servaient des repas aux familles qui en avaient besoin.
Marco et Maria militaient depuis les années 70, d'abord dans leur lycée au sein du mouvement hippie. Puis c'était devenu plus politique. Avec l'arrivée au pouvoir de Pinochet, il avait fallu apprendre les manières clandestines pour survivre et ne pas se faire arrêter. La discrétion était de mise. Les réunions politiques avaient lieu au milieu des fêtes de famille pour ne pas éveiller les soupçons. Ça chuchotait de politique au-dessus des banquets de mariages. Seuls rassemblements autorisés.
Mais les grandes manifestations ont repris peu à peu au fil des années 80. C'était très dangereux et lourdement réprimé. On pouvait se faire fouiller en pleine rue n'importe quand et sans aucun prétexte. Un tournevis trouvé dans le sac était une arme, et était réquisitionné sur-le-champ. Marco raconte une anecdote qui aujourd'hui le fait beaucoup rire. Lors d'une perquisition dans leur maison, les carabiñeros ont tout cassé, les meubles, le

plancher en bois, les lits, à la recherche d'une marque de subversion. Ils n'ont rien trouvé. Finalement, ils sont repartis avec ce livre : *La révolution des mathématiques*, ils l'ont emporté pour le brûler, c'était vraiment ridicule !
À cette époque-là, Maria, qui aujourd'hui brode des *arpilleras*, peignait sur les murs des poings levés.
Et la démocratie, je leur demande, quand est-ce que vous l'avez sentie arriver ?
La démocratie ? Quelle démocratie ?
On a lutté pour se lever me dit Maria. *Levàntate.* Nous sommes debout.

13 mars 2019

Au Chili je quitte mes béquilles.
Je n'en prends plus qu'une au début dans les rues de Santiago.
Et puis au bout de quelques jours
à force de m'entraîner en montant et descendant
les escaliers chez Claudia
je me sens prête à partir sans.
À marcher. Lentement mais sûrement.
Doucement mais vivement
sur la terre, le goudron
les pierres, l'asphalte, l'herbe, le sable.
Et je marche. Et je respire l'air saturé
et je goûte les fruits nombreux
les pastèques énormes et sucrées
on les achète coupées en deux pour pouvoir les porter.

C'est dur d'écrire
sur le poids de cette histoire
qu'à bout de bras je porte
ne pouvant rien en retrancher
je la porte entière, sous ma peau
dans mes sacs, sous mes paupières
et dans mes sandales.
C'est dur pour des raisons cachées.
Je n'ai jamais connu Boris.
Mais je vois, à mesure que j'avance sur ses pas,

que depuis mon premier roman où l'on retrouve
un homme mort dans la forêt
jusqu'au dernier où une sœur part en quête de son
frère inconnu,
il y a souvent la mort qui rôde
ou des disparus et des quêtes.
Je me sens porteuse d'absences, de fausses couches,
de morts cachées
de silence
d'avortements, de disparitions violentes, d'amis
suicidés et d'enfants abandonnés.
Est-ce cela qui me fait me sentir si bouleversée
par la vie de ce grand-oncle disparu ?

Cette histoire de Boris, je la laisse se disperser dans
mes cellules
j'écris et elle saigne comme une pastèque
j'aimerais ne pas la sacrifier
ne rien omettre de cette quête
de ton prénom et de tes pas perdus au bord d'une
rivière
dont je m'approche
dont je ne cesse depuis une année de m'approcher
et là
elle est proche
elle n'est plus qu'à quelques centaines de kilo-
mètres au sud.

14 mars 2019

Je rencontre Pascale, journaliste d'investigation chilienne devenue l'interprète puis l'amie d'Olga. Olga est venue dix-sept fois au Chili. Plaider la cause de son frère et demander justice. Deux fois elle s'est rendue à la Colonia. Une fois elle est allée près de la rivière où Boris a disparu.

Dans le jardin de Pascale, nous buvons de la bière fraîche. Discuter avec elle me rappelle à quel point toute cette affaire est restée floue.

Boris a disparu, la Colonia n'était pas loin et la police locale a pu l'y emmener pour procéder à un interrogatoire, puisqu'il était étranger et ne parlait pas espagnol. Mais ce n'est qu'une hypothèse, les policiers peuvent aussi bien l'avoir fait disparaître de suite. Nul n'est certain que ce soit dans l'enclave allemande que Boris a été tué. Trente-quatre ans après, on n'en sait pas plus. Une chose quand même semble certaine, l'enquête du détective Oscar Duran a été bâclée et la thèse de la noyade n'est pas crédible. Mais je m'aperçois que j'ai tendance à prendre pour acquis que Boris est mort à la Colonia. Pascale me fait revoir mes a priori.

En digne investigatrice, elle me conseille de parler aux seuls « témoins » de cette journée du 5 janvier 1985. Les carabiñeros qui étaient à la poursuite de Boris ce jour-là sont encore vivants pour

la plupart. Les militaires qui étaient dans la vallée en train de surveiller la frontière le sont aussi. Hernan Fernandez, l'avocat, aura leurs adresses. Quatre carabiñeros, quatre militaires. Ce sont les huit hommes entendus lors du procès qui n'a rien donné, faute de preuves. Tous nient avoir trouvé Boris, mais les entendre peut être intéressant.
Dans le jardin-jungle de Pascale, un grand chat qui n'est pas à elle fait des incursions par-dessus les murs, elle le chasse, il revient. Une vigne grimpe, des plantes fleurissent. Des arbres portent leurs fruits. La chaleur s'apaise peu à peu avec le jour qui tombe. Pascale me parle d'une affaire de disparition assez semblable à celle de Boris. Maarten Visser, un jeune Néerlandais de 18 ans, disparu en décembre 1985 près du volcan d'Osorno alors qu'il randonnait et prenait des photos. Pascale connaît bien le couple Visser, qui vient chaque année au Chili sur les traces de leur fils. Plusieurs rumeurs pointent du doigt la Colonia comme le lieu où Maarten aurait été emmené puis éliminé, soupçonné d'être un espion. Mais tout comme Boris, aucune preuve n'a émergé avec évidence et toutes les hypothèses sont encore en suspens. Pascale me regarde, « le livre que tu vas écrire sera un livre sur le mystère. Il te faut suivre chaque hypothèse, chaque rumeur, et aller le plus loin possible ».
Pascale est en train d'écrire un livre sur Rodrigo Rojas, un jeune photographe, chilien d'origine,

exilé aux États-Unis depuis ses dix ans. Sa mère était une militante et avait été arrêtée et condamnée à l'exil. Rodrigo revenait pour la première fois au Chili en 1986. Six semaines après son arrivée, le 2 juillet, il participe à une manifestation en compagnie de ses amis. Il prend des photos. Lorsque les militaires interviennent, le groupe s'éparpille, mais Rodrigo et son amie Carmen se font rouer de coups puis asperger d'essence et brûler vifs. Transportés par les militaires à trente kilomètres hors de la ville, Carmen et Rodrigo sont laissés pour morts sur le bord d'un chemin. Un agriculteur les y retrouve et avertit la police locale qui les fait transporter à l'hôpital. Son amie s'en sort avec des séquelles pour le restant de ses jours mais Rodrigo, lui, meurt après quatre jours d'agonie. La vérité et la justice sur cette affaire n'ont été obtenues qu'après plus de vingt ans de combat. En ce mois de mars 2019 sera prononcée la sentence finale du procès des trois militaires accusés de l'avoir tué.

La vérité est claire depuis longtemps. Mais il aura fallu des années pour qu'elle soit officiellement reconnue.

Je cherche
ce que je cherche
en te cherchant
en apprenant à te connaître un peu
en approchant les lieux où tu as été vivant
en allant vers les différentes hypothèses de ta mort
je me sens proche de toi.

15 mars 2019

Hernan Fernandez nous reçoit dans son bureau qui se trouve près de la Plaza de Armas. Avec Margarita nous prenons place autour de la table. Une fois le thé servi, nous entrons dans le vif du sujet.

Hernan a commencé à travailler pour Olga en 1999.

Ensemble ils ont déposé un recours en justice juste avant le délai de prescription qui aurait clos définitivement le cas. En se penchant sur l'affaire, Hernan a rapidement découvert des incohérences et des signes d'incompétence.

L'enquête a été clôturée par le juge de San Carlo à peine deux mois après la disparition de Boris, alors que bien des pistes n'avaient pas été suivies. Tout semble abrupt et bâclé. Le juge du tribunal de la petite bourgade est nommé pour enquêter sur l'affaire le 24 janvier 1985. Le 31 janvier il se rend sur les lieux de la disparition de Boris près de la rivière.

Le 4 février, il déclare que Boris est « présumé mort noyé », et le 6 mars l'affaire est close.

Le fait que l'on ne retrouve pas son corps ne semble pas important.

L'enquête se résume au témoignage du berger avec lequel Boris a passé la nuit du 4 janvier, à la déclaration du frère du berger qui a signalé sa

présence aux carabiñeros lorsqu'il l'a vu descendre la vallée en direction des rivières, et puis à celui de l'homme qui a retrouvé le sac de Boris sur le bord de la rivière deux kilomètres plus bas, le 15 janvier.
Les quatre carabiñeros déposent leurs témoignages pour dire qu'ils n'ont pas vu Boris. Ils n'ont vu que des traces de pieds près de la rivière.
Lorsque le sac parvient entre les mains du juge de San Fabián plusieurs semaines après sa découverte, il est vide. Alors que lors de la déclaration de la découverte du sac, il est décrit avec beaucoup de matériel à l'intérieur (déclaration des carabiñeros enregistrée au poste de police).
Mais cela non plus ne dérange personne.

En 1985, lorsqu'Olga s'inquiète de ne pas avoir de nouvelles de son frère fin janvier, elle appelle son ami Victor Kac, qui vit aux États-Unis. Victor appelle l'université où Boris enseigne, ce dernier n'est pas rentré, personne n'a de nouvelles. On appelle l'ambassade américaine au Chili. Boris n'est jamais ressorti du pays.
Olga est à des milliers de kilomètres, à Moscou. Elle a deux enfants, elle est mariée, travaille, vit sa vie. Cette nouvelle vient tout ébranler. Le rapport du détective privé Oscar Duran Tapia lui parvient en été 85, traduit en russe. Elle est sous le choc et pas convaincue. Cette histoire de noyade, elle ne

peut pas y croire. Elle sait son frère sportif, entraîné et sérieux.

Trois ans après, en 1988, suivant le même parcours de migration que son aîné, Olga quitte Moscou pour rejoindre les États-Unis. Il lui semble qu'il sera plus aisé de faire avancer les choses depuis là-bas. Elle est divorcée depuis peu, ses enfants l'accompagnent, elle est bien décidée à tout tenter pour retrouver son frère. Persuadée qu'il pourrait être encore en vie, retenu prisonnier quelque part.
Olga apprend l'anglais, cherche du travail, rencontre les amis de Boris et passe des années à tenter de faire avancer sa quête.

En juin 2000, le Département d'État américain rend public un troisième lot de documents relatifs au Chili (1979-1991). La déclassification de ces documents fait suite à l'arrestation de Pinochet à Londres. Pour le seul cas de Boris, ces dossiers comprennent plus de 450 câbles et mémorandums de l'ambassade des États-Unis et du département d'État. Des centaines de pages sont tout à coup disponibles pour Olga et Hernan.

Dans ces documents, Olga découvre qu'une demande officielle de réouverture du dossier Weisfeiler avait été présentée par l'ambassade il y a déjà bien longtemps, le 14 mars 1989. Le télégramme de l'ambassade disait: « Nous demandons au département d'État l'autorisation d'engager un avocat local bien informé pour rouvrir le cas ici au Chili. » La réponse arrive huit mois plus tard: « Le Département n'a aucune objection à ce que l'ambassade emploie un avocat privé local pour préparer et déposer auprès du tribunal approprié une requête qui demande au gouvernement du Chili de rouvrir l'enquête sur la disparition du citoyen américain Boris Weisfeiler, à condition que le coût des services juridiques soit payé avec les fonds du poste au Chili. »

À l'ambassade, William Barkell tente de vérifier si les fonds sont suffisants. Il met trois mois à obtenir cette réponse: « Actuellement, il n'y a pas de fonds disponibles au Poste pour ce projet. » Une année de démarches pour aboutir à ce non-lieu.

Les amis de Boris avaient signalé qu'ils avaient des fonds pour de nouvelles recherches, mais cette proposition semble avoir été oubliée par le Département d'État.

Olga tremble de rage.

15 mars 2019

Lire tous ces documents déclassifiés, rapports, télégrammes, lettres, témoignages, c'est accepter de plonger dans l'eau opaque de ces mots qui aboutissent au vide. J'ouvre les documents. Je respire fort. Je sais que je vais manquer d'air ces jours de fouilles. Le voyage se passe sur une table. Je déballe. Je lis en anglais ces documents troués de blanc, notés *confidential.* Au début il y a un enthousiasme, l'espoir d'une trace, d'une preuve, d'un chemin qui deviendrait évident. Mais c'est l'ombre qui reste omniprésente. La censure.
J'essaye de mieux comprendre l'histoire de Daniel. « Daniel » est le prénom fictif donné à un témoin dont on ne connaît pas l'identité.
En 1987, une lettre anonyme parvient à l'ambassade des États-Unis, la personne dit avoir des informations sur le rapt de Boris ayant eu lieu deux ans auparavant. Il est prêt à parler et donne un rendez-vous à la Plaza de Armas.
L'ambassade envoie l'avocat Maximo Pacheco au rendez-vous.
« Daniel » dit avoir participé à l'arrestation de Boris près de la rivière.
Avec sa patrouille militaire en mission spéciale dans la région depuis la fin de l'année 84, ils surveillaient les abords de la Colonia. C'était une

période tendue, et il fallait traquer les étrangers qui tentaient de s'infiltrer dans la zone.
Ils ont trouvé l'étranger au bord de la rivière où il lavait ses habits. « Daniel » décrit ses vêtements de façon précise, sa physionomie, un homme d'un mètre quatre-vingt environ, aux cheveux noirs, il décrit le contenu de son sac à dos et la découverte de son passeport américain au fond de son sac de couchage. Il dit que son supérieur accuse l'étranger d'être un espion, sur ce il renvoie les carabiñeros et emmène Boris à la Colonia. Il décrit la violence avec laquelle le captif est traité, frappé, torturé durant les longues heures d'interrogatoire. « Daniel » parle plusieurs fois en 1987 avec l'avocat Pacheco.
C'est à la suite de ce témoignage que l'ambassadeur américain de l'époque essaye, deux ans plus tard, de faire rouvrir le cas sans succès.
Mais les ambassadeurs se succèdent, chaque fois ils découvrent, oublient, redécouvrent le cas de Boris, aucun travail suivi n'est fourni.
Chaque avancée est stoppée. Les allers-retours entre les ambassades des différents pays et le département d'État ralentissent les démarches.

23/07/1987 / Document déclassifié / Courrier entre ambassade américaine de Santiago et celle de Bonn, Allemagne. / 12e page

L'HISTOIRE POSE ÉGALEMENT UN DILEMME. SI WEISFEILER EST VIVANT ET PRISONNIER DE LA COLONIA, ET QUE CELA EST CONNU DU GOC (Government of Chile), TOUTE ENQUÊTE QUE NOUS ENTREPRENDRONS SERA PORTÉE À LA CONNAISSANCE DU GOC ET ENGENDRERA LE RISQUE QU'IL SOIT TUÉ POUR COUVRIR L'AFFAIRE. D'AUTRE PART, NE PRENDRE AUCUNE MESURE POURRAIT ÊTRE ÉQUIVALENT À L'ABANDON D'UN CITOYEN AMÉRICAIN PRIS AU PIÈGE ENTRE LES MAINS DE PERSONNES PARANOÏAQUES (LE PLUS AIMABLE ADJECTIF DONT ON PUISSE QUALIFIER LES RESPONSABLES DE LA COLONIA).
COMME INDIQUÉ CI-DESSUS, NOUS AVONS DONC OPTÉ POUR MAINTENIR LE CONTACT AVEC NOTRE SOURCE (l'anonyme nommé Daniel).

La découverte du témoignage de Daniel a été un grand choc pour Olga. Et un espoir aussi d'une possible avancée, d'un renouveau.
Mais aujourd'hui, avec le recul et ayant pris le temps d'examiner toutes les déclarations, Olga me dit que cela n'a servi à rien. Sa déposition est à la fois trop vraisemblable pour sortir de nulle part, et trop floue pour représenter une preuve. Les affirmations d'un inconnu jamais identifié ne servent à rien juridiquement. Cela fait simplement encore plus mal. Daniel parle du contenu du sac, de l'accent de Boris, de son physique et

du lieu exact de l'arrestation. Mais sa parole n'a aucune valeur.

Une question reste. Daniel pointe la Colonia. Pourquoi ?

Est-ce une stratégie ? Une façon de détourner les regards ? D'accuser la Colonia et de disculper les carabiñeros ?

Dans un des rapports il est écrit :

LA SOURCE AFFIRME QUE SON IMPLICATION DANS LA DISPARITION DE WEISFEILER PÈSE SUR SA CONSCIENCE CATHOLIQUE, ET QU'IL FOURNIT DES INFORMATIONS DANS L'ESPOIR DE SAUVER DES VIES.

Aujourd'hui Daniel est un fantôme de plus qui erre dans les documents déclassifiés et dans nos têtes obsédées par l'énigme insoluble d'une disparition.

15 mars 2019

Hernan me raconte qu'il a eu un moment d'espoir en rencontrant Maximo Pacheco, l'avocat qui avait parlé avec « Daniel ».
Pacheco était un homme engagé, il avait plaidé pour Amnesty International dans l'affaire qui opposait l'association à la Colonia, il était à présent âgé, à la retraite, et Hernan supposait qu'il n'avait rien à cacher.
Mais ce jour-là, à la question sur l'identité de Daniel, Pacheco répond : « Je ne sais pas qui est Daniel, je n'ai jamais fait de réunion avec lui. »
Hernan précise alors que dans les rapports de l'ambassade, son nom est cité, il est celui avec qui « la source » a parlé. Pacheco affirme que c'est une erreur des Américains. Hernan, choqué, ne sait que rétorquer. L'avocat à la retraite a-t-il perdu la mémoire ?
Les deux hommes continuent de parler de la Colonia, des affaires dans lesquelles ils ont tous deux plaidé contre la secte allemande. Pacheco se remémore une scène au tribunal de Parral. Paul Schaefer arrive pour y être interrogé, et Pacheco s'aperçoit que ce n'est pas lui, c'est un homme déguisé en Paul Schaefer. Le vrai Paul Schaefer est assis dans l'assemblée, déguisé en paysan avec un large sombrero sur la tête. C'était ça, la Colonia. Du grand spectacle. Pacheco raconte avec force

détails, Hernan remarque qu'il se souvient de tout, de la couleur des rideaux du tribunal et des mots de la Juge. Cet homme n'a de loin pas perdu la mémoire. Et pourtant ce soir-là, de lui, Hernan n'obtiendra qu'un *No sé nada.*

Parral, 16 mars 2019

Quitter la capitale. Sortir de sa torpeur. Dire au revoir à Margarita qui même de loin, je le sais, continuera son rôle de guide. Je suis riche de ses conseils, j'ai des rendez-vous prévus grâce à elle et dans mon petit carnet j'ai noté mot pour mot ses recommandations. La prochaine grosse étape est la visite de la Colonia. Et la Colonia, Margarita la connaît bien, elle qui est la confidente de ses nombreuses victimes, et qui s'y est rendue plusieurs fois.

Nous roulons vers le sud.
Quatre heures de bus, la cordillère au loin, des vignes, des champs jaunes grillés. Nous arrivons à midi à Parral.
Miguel, un jeune médecin colombien installé au Chili depuis deux ans, a accepté de nous héberger dans le petit appartement qu'il partage avec deux colocataires. Je lui parle de mes recherches et de mon envie de visiter la Colonia, devenue Villa Baviera. Miguel est tout de suite partant pour nous y emmener, depuis qu'il vit ici, il en entend parler mais n'y est jamais allé. Je n'imaginais pas que notre visite s'organiserait si simplement.
La route est longue, la Villa Baviera est coupée du reste du monde, bien à l'abri, à plus de vingt

kilomètres de piste du village et derrière des kilomètres de grillages. Nous passons devant l'école. Puis nous arrivons au portail. Sentiment étrange. Sortir de la voiture avec une impression d'irréalité, marcher sur les pierres du parking, me demander où sont les bâtiments de l'ancien « hôpital », où se trouve le passé, qui a mis les pieds là, pourquoi tout est si calme. Tout semble si banal.
Des enfants jouent dans un champ, il y a un restaurant où des gens mangent.
Tout est propre, soigné. Nous marchons. Le soleil descend sur les bois, la lumière est splendide et embrase les lointains. Il y a une piscine, de la vigne, des arbres immenses, des balançoires. Nous marchons pour faire le tour des bâtiments, nous suivons un chemin large sur lequel des arbres se penchent en arches. J'ai du mal à respirer, ma fille souffle sur un pissenlit, j'ai besoin de m'asseoir pour regarder le crépuscule. Il y a un silence qui mange mon cerveau.
As-tu été emmené ici, Boris ? Y es-tu mort ?
Où ont eu lieu les crimes, les meurtres, les tortures ? Comment cela se fait-il que la beauté demeure ? Pourquoi les champs semblent si doux ? Comment marcher ici paisiblement dans le soir qui tombe ?
Nous rejoignons un vieux hangar. Le musée de la Colonia. À l'entrée, il est écrit sur un panneau « Un peuple doit connaître son passé ». Mais quel musée ! Des articles photocopiés sur Paul Schaefer,

sur les victimes de ses sévices sexuels, quelques photographies de la vie de la communauté, récolte de pommes de terre, chorale, repas de fête. Mais rien sur l'implication de la secte pendant la dictature de Pinochet, sur la Colonia comme lieu de rétention. Un seul coupable : Schaefer. Le musée, réalisé par les colons qui ont transformé la Colonia en centre touristique, semble là pour dire : Nous avons conscience de notre passé, nous nous sommes libérés, Paul Schaefer, notre gourou, était un monstre mais maintenant qu'il n'est plus là, tout va bien.

Pas un mot sur la torture, les emprisonnements, sur les autres chefs aux côtés de Schaefer, c'est le seul « diable » dont ils ont tous et toutes été victimes… ce musée fait de bric et de broc contraste fortement avec l'hôtel de luxe Villa Baviera.

Je me sens en apnée. Je le suis encore quand je parle dans la boutique-épicerie avec un colon. Il est là depuis cinquante ans. Il était enfant lorsqu'il est arrivé. Il me présente sa femme. Ils ont pu se marier après le départ de Schaefer. Oui c'était dur quand il était là, dit-il, on n'avait pas le droit de vivre ensemble, homme et femme étaient séparés. Mais il était fort aussi, Schaefer, il savait nous mener, nous rassembler, *he was a leader you know.* Nous pensions tous la même chose à ses côtés, nous partagions le même cœur au travail. Nous étions ensemble, c'était fort.

Cet homme n'est jamais sorti de l'enclave depuis son arrivée il y a cinquante ans. Il me fait l'éloge des produits vendus sur place et me dit qu'il travaille maintenant comme guide touristique.
Il fait nuit, nous roulons sous les étoiles immenses qui défoncent le noir de paillettes. L'immensité explose en haut. Nous avons mangé du raisin grappillé. J'ai un goût terreux dans la bouche. Nous roulons dans la nuit. J'ai vu la Colonia. Mes filles fredonnent et se donnent des coups dans les côtes. Nous sommes vivantes. La nuit opère son mystère volontaire et je me sens renversée.

Cette nuit-là, nous dormons à trois dans un lit trop petit pour nous toutes, nous dormons mal, les jeunes qui nous hébergent sont adorables, mais nous décidons de quitter Parral.
Nous partons pour Chillán. De toute façon, je ne vais rien découvrir de plus à la Colonia.
La place est verrouillée. La volonté d'effacer un passé lugubre scelle les lèvres.

Chillán, 17 mars 2019

À Chillán, ville du Sud à trois cent cinquante kilomètres de Santiago, j'ai plusieurs missions.
Trouver un chauffeur pour nous emmener au croisement des rivières El Ñuble et Los Sauces, lieu de la disparition. Dénicher une interprète et tenter de rencontrer certains des militaires et des carabiñeros qui étaient sur les lieux en 85.
La ville est agréable. Il y a bien plus d'air qu'à Santiago, nous avons loué un petit appartement pour quelques jours. Assez facilement, je trouve un guide qui peut nous emmener le lendemain à l'intersection des rivières au centre de la vallée. Catalina nous rejoindra le soir pour traduire et rendre possible des rencontres les jours suivants. Il y a du monde sur la liste. J'ai des numéros de téléphone, est-ce qu'on me répondra? Selon les réponses obtenues, il faudra faire pas mal de route.
Je me sens dans le vif de l'affaire. J'ai le cœur qui palpite, il y a un crime à élucider. Je vais m'approcher de tout ce qu'il sera possible d'approcher. Sans aucune garantie de trouver des réponses. Mais je vais rencontrer du réel. Des lieux, peut-être des visages et des paroles et ce qui n'a été que papier va s'animer de vent et de sang.
Pour la Colonia, c'est déjà ce qui s'est passé.

J'ai d'abord lu des articles et des livres, j'ai écouté Margarita, j'ai fouillé dans les archives de la Colonia… et hier j'ai marché sur la terre là-bas, foulé des pieds sa poussière, fait grincer quelques portes, regardé le soleil tomber, les arbres se pencher, et parlé avec des colons qui y vivaient depuis cinquante ans.

Je savais en me lançant dans ce voyage qu'il me faudrait assumer cette histoire. Nommer les horreurs commises. Mettre des mots et tenir debout. Constater et ne désespérer ni de l'humain ni de la vie.
La Colonia, c'est un espace-temps qui concentre le pire de ce que peut l'humain, dans une logique proche de celle infernale des camps de concentration ou du goulag.
L'humain qui calcule et invente un monde régi par la domination. Au point que les dominés sont niés dans leur existence propre. Cette communauté donne à voir les principes de négation de l'être poussés à leur extrême. Et ce système que je vois me fait horreur et me fait peur, mais je sais aussi que je le connais du dedans. Du dedans je sais ce que c'est que la volonté de dominer. Je connais le processus interne à moi-même qui ne reconnaît pas l'autre comme un autre totalement autre, libre et sujet de lui-même. Je connais ce processus, ce « j'aimerais que l'autre m'appartienne », j'aimerais contrôler l'autre, qu'il n'agisse

pas ainsi, qu'il se conforme à mon désir, qu'il soit pour moi. Cela existe en moi.
Qui n'a jamais ressenti cette pulsion ?
Je ne peux pas simplement jeter la pierre sur la gueule atroce de Paul Schaefer. Je veux aussi regarder Paul Schaefer en moi et lui enlever ses pouvoirs de nuisance. Je cherche l'endroit où quitter les postures de bourreau et de victime, sortir de la soumission et me lever sans besoin de dominer. *Levantate.*
Avec ma jambe brisée, soignée, mais fragile, tremblante, me mettre debout et sentir que mon os guérit. Que ce n'est pas ma volonté qui fait se ressouder l'os dans ma jambe. C'est une force plus grande qui traverse mon corps.
Qui traverse aussi les feuilles de vigne et les cailloux, la rivière et les femmes debout dans les rues de Santiago.

San Fabián, 18 mars 2019

Nous roulons dans les vallées. Nous quittons les villes, grimpons, les lieux s'ensauvagent, le vert gagne, les roches prennent le dessus, le ciel s'épaissit et la voiture roule, froisse l'air, déplie les lacets de la route, déploie l'énergie qui trace vite, des champs, des vignes, des rivières, des villages de petites maisons. Nous nous arrêtons pour acheter du pain et quelques fruits.

Boris a marché dans ces lieux. Le 26 décembre 1984, une fois sorti de l'hôtel Alcazar à Los Angeles, au centre du Chili dans la province de Biobío, il n'a fait ensuite que marcher. Ce rapport au monde qu'il a tant aimé, cette grande intimité du corps avec la terre que retrouve l'humain dans la marche, il en avait besoin, il semblait la chercher, cette activité, comme une pratique restaurative, nécessaire et constitutive de son être, de sa relation au vivant. Autant que l'étaient les mathématiques, la langue la plus directe et concrète dans laquelle Boris s'exprimait, cette pratique mystérieuse de la marche lui était nécessaire. Dès qu'il pouvait il était en partance, en exploration, il dépliait la carte des pays, il filait. La marche dans des lieux pauvres en humains était ce qu'il semblait rechercher.

La marche comme procédé de dépouillement volontaire, de proximité contaminante avec les vivants sans langage humain, avec les vivants qui parlent en couleurs, en sons, en traces, en fientes, en floraisons. Il scrute ce langage comme une science fine, une ouverture. Il accueille cette vie en lui et se sent à sa place, inscrit dans le paysage. Il en parcourt les reliefs comme une petite bête qui ne se pose pas de questions, mais avance, observe, rencontre et s'émerveille. J'imagine le repos qu'il trouvait dans cette pratique, le repos de ne plus être juif lorsqu'il est assis sous le chêne, de ne plus être russe sur son radeau solitaire, de ne plus être un homme, de ne plus être qu'un souffle libre, doux, dans la tendresse brute de la vie qui l'entoure de toute sa masse. Montagnes du Pérou. Torrents de l'Alaska. Lacs du Yukon.

Forêt, cailloux sans noms, bêtes inconnues, baies étrangères, champignons autochtones.

Boris avance dans cette assemblée qui l'accueille sans demande de passeport, sans débat de religion, il dort où bon lui semble, rêve sous la neige, marche dans l'eau, la boue, les pierres et se trouve en cette communauté première comme en son grand chez lui.

Je me souviens de cela dans la voiture qui roule vers San Fabián. Je me souviens de cette liberté grande dans laquelle tu devais te trouver, Boris, nus pieds près de la rivière de Los Sauces. Et du choc vertigineux d'être rattrapé en quelques instants par toutes ces identités redevenant gênantes, un juif russe et américain qui se promène au Chili en 1985. Un motif aussi arbitraire qu'un autre pour que des humains décident de ton sort.

El Ñuble et Los Sauces

Nous voilà près des rivières.
Je remonte mes pantalons. Les cailloux roulent sous mes pieds, ça glisse, je grimpe, nous nous faufilons, le soleil fracasse les pierres blanches, aveuglantes, les pierres grises plus douces réfléchissent le vert puissant de la vallée, les rivières coulent vite, de leurs eaux limpides et décidées.
Je vais m'asseoir longtemps sur un rocher.
Ma fille entasse des cailloux en équilibre les uns sur les autres. Elle joue avec des branches. Je ne sais pas prier mais je parle à tout ce qui vibre au-dedans et au-dehors de moi. Il y a plus grand que mes questions, l'évidence de cette terre vivante qui bouge.
L'immobilité bienveillante des montagnes stables et le dévalé de cailloux dans l'eau.
Je n'ai plus de langage, là, assise sur mon rocher, prise entre les deux eaux, les deux rivières, celle du souvenir que je n'ai pas mais que je me suis créé de ton passage ici Boris, et celle vivante du présent simple.
Et tout se noie, se mêle. Et mes larmes et ma paix de sentir cette vie présente.
Cette joie, cette peine, ce souvenir que je n'ai pas et qui est douloureux.
Toi vivant, marchant, souriant. Je me souviens des photos vues chez Olga, ton corps heureux

dans le sauvage, ta barbe longue après les semaines de marche, tes yeux papillons, ton secret tenu, gardé bien serré dans ton cœur solide.
Cette joie de te connaître sans te connaître, ce merci de m'emmener si loin, dans ce pays, dans cette histoire que sans toi, Boris, je n'aurais pas touchés. Cette peine d'être dans le lieu de ta grande absence. Aussi lieu de ta dernière présence.
Et je sais que dans ce pays, pendant ces jours qui séparent le 26 décembre 1984 du 5 janvier 1985, tu as été vivant, tu as mangé des fruits, gravi des sentiers, dormi près des bêtes et des eaux. Tu as été un vivant heureux parmi les vivants libres.
C'est à cette énergie de vie qui irradie
et à ta pratique solitaire de la marche en montagne
que je veux me relier.
Je ne dis rien au croisement des rivières,
j'écoute assise dans le soleil,
muette d'eau près des cailloux.
Je me sens caillou. Mangée d'eau. Frottée de soleil. Plus de silence, seulement les sons parfaits du souffle, des racines, des oiseaux, seulement le corps qui se remet en mouvement sans savoir. Me ramène au sang tiède, à l'os, nous marchons, puis la voiture roule, s'arrête, le corps grimpe un ravin, se couche sur un tronc d'arbre, la pensée vole, la vallée resplendit. Les mains caressent un tronc ancien qui connaît toute la vérité et le cœur sait dedans, qu'il est tout plein de sève et que rien ne

sert de courir. Puis les yeux s'ouvrent, la rivière est bleu reine, majestueuse et franche, et les pieds la saluent de loin. C'est la paix. Les racines tremblent parfois, les cailloux roulent. Le silence fait des trous partout et les nuages courent sauvages. Les cheveux se penchent sur la mousse, les doigts aiment ce qui coule à terre et la poussière laisse des traces, elle se faufile, elle se répand, elle est sous les semelles, dans les paumes, sur les roues, elle est pleine du sang des ancêtres, elle est maculée de souvenirs, elle est de la poussière d'étoiles, de cette matière qui nous fabrique, qui nous traverse, nous murmure son nom commun, elle se répand jusqu'à nos nuques, entre les racines des cheveux, elle gagne les narines ouvertes, elle se fraie un chemin partout.

Sud, 19 mars 2019

Catalina est une étudiante à l'énergie virevoltante, elle est ravie de m'aider dans mes recherches, se sentant très coupée du passé tragique de son pays. Dans sa famille, parler de la dictature est resté un tabou, une zone de silence presque infranchissable.
Nous avons loué une petite voiture blanche pour la journée. Nous avons commencé à appeler les numéros donnés par Hernan. Plusieurs ne répondent pas. Mais nous avons déjà un rendez-vous prévu avec Heinz Kuhn, un ex-colon des tout débuts de la Colonia qui s'en est évadé en 1968 et vit aujourd'hui à Los Angeles, à cent kilomètres au sud de Chillán.
Il fait chaud. À Los Angeles il y a des bougainvilliers aux fleurs magenta, nous cherchons la maison de Heinz. Il nous accueille sous le ventilateur qui tourne au plafond et sort tout de suite de nombreuses photos.
Depuis cinquante ans qu'il est sorti de la Colonia, Heinz se bat pour faire entendre la vérité sur la secte. Il a aidé au risque de sa vie plusieurs personnes à s'en évader. Mais son pays d'origine, l'Allemagne, n'a toujours rien entrepris contre la Colonia. Le Chili non plus. Avec le coup d'État de 1973, la Colonia est devenue un maillon indispensable à la dictature. Et si elle a tenu dans le

temps, en toute impunité, c'est qu'elle avait de nombreux et puissants alliés.

Heinz nous raconte son arrivée à Santiago en 1962, où, invité par un ami de Paul Schaefer, il débarque pour vivre l'aventure chilienne. Il est alors un jeune entrepreneur dans l'import-export en Allemagne et il est curieux.
Mais Heinz découvre une réalité très lointaine de l'eldorado espéré. En quelques jours il se retrouve dépouillé de ses papiers d'identité, enfermé dans une minuscule pièce sans vêtements et sans nourriture et comprend vite que le projet ressemble plus à un camp de travaux forcés qu'à une communauté épanouie. Heinz, pris au piège, vit plusieurs années à la Colonia.
Sa première fuite, il la tente avec sa compagne enceinte d'un enfant que Schaefer ne les a pas autorisés à concevoir. Le couple a brisé la règle. Heinz et la jeune femme sont retrouvés à neuf kilomètres de l'enclave. Les sanctions seront terribles. Heinz est conduit à l'hôpital où il subit des électrochocs et se réveille drogué. Sa compagne ne se réveillera pas. Heinz apprend sa mort sans aucune explication, la Colonia est cet enfer.
Son évasion, il la réussira quelques années plus tard, après une minutieuse préparation, menée au fil du temps, avec obstination.
Alors une fois libre, l'homme n'a qu'une idée en tête, témoigner. Il se rend à l'ambassade allemande

au Chili où son témoignage est entendu mais jugé fantasque, c'est tout juste si on ne l'accuse pas de vouloir ternir l'image de l'Allemagne en racontant des histoires.
Schaefer ne sera réellement inquiété par la justice que près de trente ans plus tard.
Heinz ne renonce pas, il parle même s'il n'est pas entendu. Il rassemble des photographies, des enregistrements audio, des écrits. Connaissant la façon de la Colonia de communiquer par radio, il parvient à pirater des conversations entre Schaefer et ses correspondants étrangers. Il se fait collecteur de preuves.
Heinz est un combattant. Je suis impressionnée par l'énergie de cet homme de 90 ans. Par sa persévérance solide. Les années de lutte sans résultats n'ont pas épuisé sa force de conviction, son entêtement à rendre justice.
Aujourd'hui encore, la plupart des anciens chefs de la Colonia sont en liberté.
La justice allemande vient de trancher, le Dr Hopp, médecin-chef de l'hôpital de la Colonia et bras droit de Schaefer, ne sera pas condamné. On connaît pourtant l'usage de la torture, des surmédications, des électrochocs, mais la justice allemande décrète que les preuves ne sont pas suffisantes et le relaxe.
Je regarde Heinz, ses yeux brillants parcourent les nombreuses photos qui jonchent la table. Cet homme sait parfaitement par qui il a été

séquestré, exploité, maltraité et torturé, il n'y a là aucun mystère, aucune affaire non résolue, tout est su, et pourtant.
Il ne suffit donc pas de savoir pour que justice soit faite.
La Colonia a de lourds appuis. Et ce qui me semble finalement le plus étonnant, c'est que cet homme soit encore en vie pour en témoigner aujourd'hui.

Il y a des incendies dans la nuit
nous roulons en droite ligne du nord au sud
Catalina me parle de la révolte des Indiens Mapuches
nous traversons l'Araucanie
des forêts flambent
dans la nuit
et on trace
vite.

20 mars 2019

Nous avons rendez-vous dans une station-service à l'entrée de Temuco, grande ville d'Araucanie. Nous sommes à six cent soixante-dix kilomètres au sud de Santiago.

Nous rejoignons Antonio Aravena. Il a répondu au téléphone, il a dit : OK pour parler, mais pas chez moi. C'est un des quatre militaires présents dans la vallée lors de la disparition de Boris. Il était avec le lieutenant Diaz, qui n'a pas encore répondu à nos coups de fil, et deux autres militaires. Il était tout jeune alors, vingt ans, il débutait sa carrière.

Antonio n'est pas seul, il est accompagné par son cousin. Il nous dit que son avocat lui a dit de ne pas venir seul, il lui a aussi recommandé de ne pas venir du tout, mais Antonio veut bien parler, il n'a rien à se reprocher, il veut savoir ce que je cherche.

Je cherche la vérité. Il y a trente-cinq ans un homme a disparu dans la vallée, c'était le demi-frère de ma grand-mère, un homme de quarante-trois ans et je suis venue ici pour comprendre ce qui s'est passé.

Antonio n'est pas rassuré. Il est nerveux. Sa voix tremble.

J'ai été bousillé par ce procès qui m'est tombé dessus, je n'ai rien à voir avec cette histoire, je ne sais rien.

Antonio veut bien nous raconter sa version, leur travail de repérage dans la vallée pour surveiller la frontière, faire des photos, sillonner les montagnes à cheval. Ils étaient arrivés début janvier 85, ils avaient trouvé un fermier pour les héberger, ils avaient fait leur job.
Un jour en fin d'après-midi un carabiñero est venu leur demander s'ils n'avaient pas vu l'étranger qu'il cherchait pour contrôler son identité. Non, nous n'avions croisé personne. Nous étions seuls dans la maison du fermier, Diaz était encore dehors en train de travailler.
Il ne sait rien de plus, Antonio. Je cherche bien à le pousser un peu, avec l'aide de Catalina, mais il semble à bout de nerfs.
Que voulez-vous, vous, la famille ? C'est de l'argent que vous voulez ?
Des personnes lui ont dit que la famille voulait des milliers de dollars de dédommagement. Je dis qu'il n'est pas question d'argent, je ne suis ni avocate ni journaliste, je cherche la vérité sur ce qui s'est passé, pas de l'argent, la vérité, car c'est difficile de ne pas savoir.
Antonio était tout jeune en 85 et affirme n'avoir jamais vu de torture, d'arrestation sommaire. Je suis tendue. L'entendre affirmer qu'en douze ans dans l'armée chilienne sous Pinochet il n'a jamais vu de torture ou d'arrestation sommaire… ça me chiffonne. La présence d'Antonio me fait mal. Un stress puissant agite sa peau.

Il se plaint. Raconte qu'avant le procès il vivait aux États-Unis, avec sa femme et ses enfants, le procès l'a contraint à revenir au Chili, et jusqu'à aujourd'hui les États-Unis n'autorisent pas son retour dans leur territoire, il ne voit plus sa famille, ses enfants ne lui parlent plus.
Pour lui, l'apparition du témoin nommé « Daniel » est une machination destinée à les broyer. Un faux témoignage qui a relancé l'affaire dont il est victime.
Même si, pour l'instant, le procès est fini ? je lui demande. Même si vous n'avez pas été inculpé ?
Oui, sa vie a été bouleversée et l'affaire n'est pas close, la famille a fait appel.
Antonio a fait de la prison aux États-Unis pour cette affaire, il est passé trois fois au détecteur de mensonges et il ne mentait pas. Il ne sait rien. Il tremble.
Et moi aussi, je tremble, avec mon téléphone enclenché en mode micro et mon attente si grande qui est tellement déçue. Qui parlera ? Qui peut me dire quelque chose ?
Pourquoi clame-t-il qu'il ne sait rien ? Je n'ai jamais été aussi proche d'un humain qui était sur les lieux lors de la disparition de Boris, j'ai toujours été face à des papiers, des hypothèses, des photos. Aujourd'hui c'est un humain et j'attendais plus.
Je ne sais pas si la panique qu'il ressent est une panique d'innocent ou de coupable.

Je ne sais pas, je vois qu'il est aussi triste que moi. Nous sommes tristes.
Dans cette station-service à l'entrée de Temuco, nous avons tous deux l'air de chercher un apaisement qui ne vient pas, il me demande de l'informer quand je saurai ce qui s'est passé. Car lui aussi attend cela.
Ce sont les carabiñeros qu'il faut interroger, ce sont eux qui cherchaient Boris.
Je bous de ne pas savoir s'il ment.
Dans la voiture avec Catalina, nous roulons en débriefant à bâtons rompus, nous sommes encore sous le choc de cette entrevue tendue. Sous le choc de la déception aussi, après les centaines de kilomètres à rouler dans l'excitation de la rencontre. Mais qu'est-ce que je croyais, que telle une Zorro mâtinée de Sherlock j'allais débusquer le coupable, comme ça, en quelques jours d'enquête dans le Sud, après trente-quatre années de silence touffu ? Je me fais rire moi-même, mais je suis dépitée.
Demain, nous irons chez deux des carabiñeros encore vivants. Nous tenterons de les trouver sur place à l'improviste, je n'ai pas leurs numéros.

Il n'y a personne à cette adresse.
Nous laissons une lettre en espagnol
je dis chercher des informations qu'il pourrait avoir
ce serait gentil de me contacter par mail
ou sur le téléphone de Catalina.
La maison est dans un petit lotissement
c'est fleuri, carré
nous poussons le portail
glissons la lettre sous la porte
je sens des graviers crisser sous mes chaussures
à côté un chien ne cesse d'aboyer
et à la fenêtre les rideaux sont gris
je me souviens de plantes aux larges feuilles.

21 mars 2019

À l'adresse El Manzano à San Carlos il n'y a personne non plus.
Mais en face sur le trottoir, un vieux monsieur, un jeune et une femme. Nous allons leur demander s'ils connaissent Estorgio Soto.
Le vieux répond c'est moi, qu'est-ce que vous me voulez ?
L'interview de rue commence sans détour, je suis de la famille de Boris Weisfeiler, l'Américain qui a disparu il y a trente-quatre ans près du Ñuble alors que lui, Soto, était un carabiñero en service dans la vallée.
Ah oui, celui qui s'est noyé, commente-t-il d'un air entendu. Je ne vois pas ce que vous cherchez encore avec cette histoire. Ici à San Carlos il y a une autre famille qui a perdu un fils comme ça, dans la rivière Ñuble, il s'est noyé, alors ça arrive vous voyez, vous pouvez aller leur parler, ils vous raconteront. Ils habitent pas loin.
Il est bourru, Soto, mais il bavarde à toute vitesse, alors je laisse Catalina mener l'interview et j'enregistre. Nous parons au plus pressé, je pose des questions, elle traduit, elle le fait parler.
Il est virulent, Soto, voire menaçant avec son corps, à sa façon d'avancer vers nous poitrine vers l'avant et de parler fort, plus fort que nous. Son regard est lourd et sans peur. Il n'est pas

tremblotant comme Antonio. Non, Soto est sûr de lui, de son bon droit, de sa parole.
Quelque chose dissone, il claironne qu'il ne savait pas que Boris était Américain, qu'il l'avait appris après, dans les journaux, qu'ils cherchaient un Russe.
Je sursaute. Comment ça, ils savaient qu'il était russe ?
Soto raconte des histoires, il l'aurait appris dans les journaux, à ses dire sans avoir eu connaissance de son passeport, sans l'avoir trouvé et interrogé. Les carabiñeros cherchaient un étranger mais ils n'avaient alors aucune idée de sa nationalité !
Mais Soto continue de nous servir la même version rabâchée par les carabiñeros depuis qu'ils sont interrogés: ils ont repéré des traces de pas d'homme près de la rivière, ils l'ont cherché, cherché, et c'est l'évidence même, il s'est noyé. C'est une rivière dangereuse.
Soto ment.
C'est ce que je me dis dans la voiture en quittant la rue poussiéreuse, il est parti en vitesse avec son petit-fils, il nous a dit laissez-moi tranquille, sa femme est venue crier, qu'est-ce que vous lui voulez ? Laissez-nous tranquilles ! Son petit-fils nous regardait avec curiosité. Lui, Soto, il nous a dit au revoir avec une nette animosité. Le vieil homme a la réputation d'être un ivrogne. Son corps parle en effet d'alcool, là il ne peut pas mentir.

Je ne fais que deviner l'espagnol, mais je sens le mensonge à plein nez, ça vient comme une odeur. Le fait de ne pas comprendre la langue me rend plus attentive au langage corporel, aux gestes brusques, au son de la voix et aux regards. Quelque chose sonne faux. Soto connaît sa version des faits par cœur et la répète. Mais je ne le crois pas.
Il me semble certain qu'ils ont arrêté Boris, lui et les autres carabiñeros. Ils ont eu entre leurs mains son passeport et ont vu qu'il était né à Moscou. Je n'aime pas ce sentiment en moi de suspicion, de haine, presque, qui monte, qui me grignote, me met sur un qui-vive agressif. Je n'aime pas l'idée que quelqu'un qui selon moi n'a plus rien à perdre ne lâche pas le morceau, ne comprenne pas qu'il y a des humains pour lesquels c'est important de savoir, tandis que pour lui cela ne représente plus grand-chose, plus grand risque. Je ne comprends pas, je n'arrive pas à rejoindre son intérêt caché, son besoin de masquer, transformer. J'aimerais ouvrir son cerveau et savoir, c'est douloureux d'être en face d'une personne qui me semble savoir, qui me semble contenir cette vérité que je cherche comme un joyau et qui ne veut pas me la donner. Qui la cache. La garde dedans.
Nous roulons vers Chillán, Catalina est aussi convaincue que moi, Soto ment sur toute la ligne.

22 mars 2019

À la gare routière de Chillán nous attendons le bus qui nous mènera à Concepción. Nous allons rouler lentement vers les vacances. Concepción est une ville côtière, nous y passerons deux nuits avant de prendre l'avion pour voler jusqu'à Punta Arenas, la Patagonie.

L'enquête dans le Sud s'arrête là. Maintenant, laisser tout cela décanter dans mon esprit et me laisser faire par les montagnes, les kilomètres, le grand ciel, l'espagnol, les rues dans lesquelles me perdre. Nous avons réussi à parler au téléphone avec Diaz, le lieutenant chef avec lequel Antonio était en mission dans la vallée. Il ne voulait pas nous rencontrer, hors de question. Il répétait que jamais il n'avait vu Boris, il faut interroger les carabiñeros, ce « Daniel » et son témoignage sont un leurre, un mensonge créé pour nuire aux militaires.

Je ne sais en effet que penser de cette patrouille de militaires.

Je sais que je ne crois pas Soto, il me semble assez évident que les carabiñeros ont trouvé Boris près de la rivière, ce sont eux qui le cherchaient et n'avaient aucune raison de ne pas le trouver alors qu'ils étaient à cheval et lui à pied dans une région qu'ils connaissaient parfaitement et lui non. Dans cette hypothèse, les carabiñeros l'ont interpellé,

contrôlé, interrogé et ensuite il y a plusieurs possibilités.
1. Ce sont les carabiñeros qui l'ont tué et enterré dans l'immense vallée sauvage. Ils n'ont donc aucun intérêt à dire la vérité.
Ils ont mis en scène la réapparition du sac de Boris dix jours après, tentative maladroite d'appuyer la version de la noyade.
2. Les carabiñeros ont emmené Boris à la Colonia pour qu'il soit interrogé par des anglophones. Une fois remis à la Colonia il a été questionné, torturé et assassiné.
3. Les carabiñeros ont arrêté Boris avec l'aide de la patrouille militaire et c'est ensemble qu'ils l'ont soit éliminé, soit emmené à la Colonia.
4. Il y avait comme le dit « Daniel » une patrouille militaire secrète dans la région et ce sont eux qui ont arrêté Boris et qui l'ont emmené à la Colonia.
Et puis on peut sûrement en trouver d'autres, et mêler les hypothèses, et se poser encore mille questions.

Il est temps de prendre du recul, que le bus démarre, le soleil se couche et que je me cale dans le fauteuil confortable en écoutant de la musique. Il est temps que je regarde mes filles. Que nous achetions des *empanadas* au fromage, que nous descendions du bus et que nous arrivions chez Pamela qui nous accueille généreusement. Nous mangeons délicieusement, nous discutons de tout,

Pamela est dentiste ici à Concepción, elle vit au sixième étage. On voit loin dans la ville, l'immeuble possède une immense terrasse sur les toits que nous découvrons en prenant l'ascenseur tout en haut et c'est beau. Dans la nuit il y a des petites lumières partout, la ville se dessine en ombres et en routes lumineuses et l'air est parfaitement doux.
Demain nous découvrirons la ville au hasard.

Peut-être dois-je dormir et me taire ?
Peut-être dois-je oublier et cesser de penser ?
Peut-être dois-je pardonner et faire table rase ?
Mais mon cerveau continue de décortiquer toutes les hypothèses.

Alors nous marchons dans les rues de Concepción
et la marche est un bon remède
qui ramène mon corps au présent
et nous trouvons de larges places rondes et carrées
plantées de palmiers et d'immenses arbres inconnus
un artisan nous offre des petites bagues en cuivre
nous traversons le campus de l'université
il y a de belles fresques murales
nous trouvons un resto chinois, nous y mangeons des nouilles
dans les rues nous suivons les traces de la marche des femmes
les inscriptions violettes, les affirmations-cris
dans les rues il y a la foule des visages vivants
et toutes ces vivantes qui sont là, qui bougent
qui respirent, qui parlent
ça me fait du bien sous les côtes, ça me soulève les pieds
marcher toute la journée
se perdre en dérivations citadines.

25 mars 2019

En Patagonie je pense à toi, Boris.
Même si tu n'es pas venu jusque-là, tu es allé marcher dans d'autres bouts du monde.
Je vis ces pas dans la nature sauvage comme un recueillement. Un soin pour nos âmes.
En rentrant du parc naturel Torres del Paine où nous avons passé la journée, ébahies sous les condors, extasiées près des cascades, impressionnées par les avalanches, amusées par les guanacos, en rentrant, tout à coup mon amie Aurélie s'écrie, là, un puma !
La voiture s'immobilise et nous nous passons les jumelles dans un état d'excitation intense. Il est là. Altier, contemplatif, son regard de fauve me rentre dans l'os. C'est un élargissement. Son regard rend le mien plus vaste. Comment oublier pareille rencontre ? Quelque chose est bougé dedans, je le sens dans mes entrailles. Même de loin, même à travers le viseur de l'appareil photo et les jumelles, il court dans mon corps, ce regard de grand fauve, il éveille en moi une chair de poule ancienne. Une histoire de proie et de prédateur, une histoire d'ancêtres communs.
Le nom « puma » vient d'un mot quechua « Kay Pacha » qui signifie « le monde des vivants ».

27 mars 2019

J'ouvre le dernier carnet de voyage de Boris, Alaska, juin 1984.
C'est l'été qui précède son départ au Chili. Olga m'a expliqué qu'il écrivait généralement ses notes de voyage au dos de ses cartes de randonnée, il faisait ensuite des copies et les envoyait à Moscou. Sa sœur a ensuite patiemment traduit ces « journaux » en anglais, et me voilà à les faire voyager à nouveau vers une autre langue.

21 - 6 - 84
Le 21 au matin, je vole de San Francisco à Anchorage.
À l'atterrissage, de magnifiques panoramas, des glaciers, des montagnes enneigées. D'en haut dans les airs, il me semblait que la ligne de neige commençait très bas et j'avais peur de devoir marcher dans la neige tout le temps. Mais quand j'ai atterri, j'ai été surpris de découvrir qu'il faisait plus chaud qu'à Berkeley, le temps était radieux.
J'ai passé ma première nuit dans une auberge de jeunesse. Le 22 au matin, j'ai marché jusqu'au centre-ville et j'ai pris un microbus pour Chichenloon. Là, j'ai suivi une route, puis un chemin.

Le matin du 23, il a plu. J'ai marché sous la pluie, en pensant que j'arriverais à la cabane à huit miles de là et que j'attendrais à l'abri que la pluie passe. Mais cette cabane n'existait plus. Et la suivante n'existait plus non plus, ou peut-être que je ne les ai pas trouvées.

Je me suis assis sous un arbre pendant environ trois heures. Puis la pluie s'est arrêtée et je me suis remis en marche après avoir échangé mes bottes contre des baskets. Lors d'une de mes pauses, j'ai constaté que ma montre était à nouveau déréglée, l'heure, la date, le jour de la semaine.

Je dois faire face à cette situation d'une manière ou d'une autre. J'ai une autre montre, mais elle n'est pas fiable non plus.

24 - 6

J'ai surtout marché hors de tout sentier le long de la rivière Chickaloon.

Le soir, je suis arrivé à un endroit où la rive droite était escarpée et j'ai décidé de traverser pour passer de l'autre côté. Au début, j'ai essayé d'y aller pieds nus, mais ensuite j'ai mis des baskets. À un moment donné j'ai failli être emporté par l'eau. Il y avait de forts courants. Quand je suis arrivé sur la rive opposée, j'ai vu beaucoup de traces d'activité humaine. Il y avait de vieilles bûches et j'ai fait un grand feu de camp pour faire sécher mes baskets. J'ai passé une autre nuit sous un arbre, sans tente. Mais il a commencé à pleuvoir pendant la nuit et j'ai dû me couvrir.

26 - 06
À cause de la pluie, je me suis mis en route tardivement, il était onze heures. Plusieurs fois, j'ai pensé que c'était la fin de la forêt et j'ai décidé de m'arrêter, mais j'ai ensuite remarqué que ça continuait et je suis allé plus loin.
J'ai traversé quatre ruisseaux à gué, sans problème, bien que l'eau soit très froide. Je me suis finalement arrêté à l'endroit où le chemin montait. Il était tard, j'étais fatigué, le ciel était nuageux et il était difficile de voir où j'allais. J'ai perdu le sac en plastique dans lequel je trempais mes céréales Quaker Natural. Je dois m'inventer une alternative. À peine avais-je mangé que la pluie a recommencé. J'ai bu mon thé sous la tente.

27 - 06
Il pleut. Je suis couché dans ma tente. Il s'avère que ma montre se remet à zéro quand on appuie sur certains boutons, je ne sais pas encore lesquels. Selon elle il est donc maintenant minuit, et nous sommes le lundi 1er janvier. Comme il est toujours possible d'appuyer sur certains boutons par accident, cela arrive souvent que je me retrouve le 1er janvier.

28 - 06

Debout tôt. Je me suis préparé rapidement et me suis mis en marche à 9 heures. La nuit a été froide. La matinée claire. L'eau de ma cantine a gelé. J'ai traversé le ruisseau, très froid. Ils sont tous très froids ici.

Sur le sentier, j'ai vu au-dessus de moi une chèvre ou un bélier, je ne sais pas. Il est resté là à me fixer pendant un long moment, il semblait ne pas savoir que faire de moi. Puis il s'est enfui sur le côté et s'est arrêté pour me fixer à nouveau. C'est seulement le troisième animal que je vois. Avant cela, j'ai vu un orignal et un porc-épic. Je n'ai vu ce dernier que très tard, alors qu'il n'était plus qu'à quelques mètres. Le porc-épic a grimpé à un arbre. Très peu de temps après avoir vu la chèvre ou le bélier, j'ai vu un faon. Lui aussi ne savait que faire. Il a fait quelques pas vers moi, puis des tours sur lui-même, s'arrêtant et me fixant. Finalement, il a changé d'avis et s'est enfui. L'eau dans les crevasses était rose. En arrivant au lac (de la rivière Talkeetna) au niveau du bassin versant, je suis repassé des bottes aux baskets. En baskets, bizarrement, mes pieds ne se fatiguent pas.

Le soir, j'ai trouvé une cabane en rondins. Sur la porte il y avait une pancarte : « N'entrez pas ! » À l'intérieur, une note : « N'hésitez pas à utiliser la cabane, mais laissez-la comme vous l'avez trouvée. »

30 - 06
Départ à 9 heures. Il faisait humide après la pluie et j'ai traversé les ruisseaux sans enlever mes bottes.
Il y avait des montagnes lointaines avec des cratères. Au coin d'Aspen Creek et de Talkeetna se trouve un double cratère étonnant. Je n'ai pas pu voir s'il était en activité.
L'événement le plus intéressant s'est produit entre Aspen et mon campement nocturne. J'étais arrivé à un endroit où il y avait des étangs de castors peu profonds, j'ai marché le long de la rive ; le chemin était étrange, trop bon. Soudain, j'ai vu un ours. J'ai crié pour qu'il ne soit pas surpris de me voir. Il était occupé à faire quelque chose. Je me suis retourné, je me suis éloigné et j'ai commencé à monter sur la colline. L'ours s'est alors mis à courir dans ma direction en rugissant. J'ai glissé et j'ai crié très fort. Soit il a pensé que je le poursuivais à mon tour, soit il a eu peur de mon cri, en tout cas il s'est retourné et s'est enfui. J'ai couru en haut de la colline et j'ai suivi le chemin bien tracé de l'ours. Il se trouvait apparemment sur son territoire. Tout près, il y avait une sorte de tanière et une carcasse d'animal gisant sur le sol. J'ai rapidement couru le long de ce chemin jusqu'à ce qu'il se transforme en chemin d'orignal qui descendait jusqu'au bord de l'eau. Là, j'ai vu des traces étranges, semblables à celles d'un chat, mais avec 3 griffes. Après cela, sur la rive, j'ai vu des os

et des morceaux de peau d'un bébé orignal. Cette zone est donc fréquentée par de grands prédateurs, et j'ai décidé de réfléchir aux stratégies à adopter, au cas où. Je me suis arrêté vers 19 heures; il s'est mis à pleuvoir, mais l'endroit était bien. La pluie s'est arrêtée.

1 - 7

En sortant de ma tente j'ai vu deux cabanes, mais je n'ai pas regretté de ne pas les avoir vues plus tôt, je me sentais à l'aise dans ma tente. L'une d'elles était petite et ancienne; sur la porte, il y avait une assiette en papier avec le message «de retour demain». La deuxième était grande. À l'intérieur, il y avait une note disant: «J'ai acheté cette maison récemment et je serai ici chaque année du 10 août au 10 septembre; en dehors de cette période utilisez-la, mais avec précaution.»

28 mars 2019

La Patagonie m'élargit,
ces ciels immenses qui semblent avaler le sol.
Elle m'affranchit de toute sordide mémoire, son vent à retourner les aigles.
La Patagonie me laisse libre
elle lave mes pensées, aère mes veines, renforce mes jambes.
Un jour nous faisons une marche de deux heures. Je ne sais pas si je tiendrai jusqu'au bout. Sans béquilles et sur un sentier de terre glissante. Les pierres roulent, ça grimpe vers un col surplombant des lacs. Mais oui, je vais jusqu'au bout et cela me remplit de joie. Mon corps fourmille dans la lente marche. La pluie accompagne nos derniers pas, je savoure le repos après une douche chaude et le repas d'avocat et de pain.
Les nuits me lavent. Quand je sors de la petite maison à Puerto Natales et que le ciel est une fresque bleue de noir et de lumières jetées qui semblent picorer la voûte.
Je sens un apaisement profond.
Je te comprends, Boris, ton besoin si pressant de partir, d'aller dans le vif sauvage, dans l'indompté des paysages.
Je te comprends. Je te salue.

Autre rencontre qui m'émerveille en Patagonie, les dauphins. Observés plusieurs fois, de si près que mon cœur saute.
Là les dauphins. Libres dans l'eau. Là.
Impression de pouvoir les toucher.

2 avril 2019

Puis il faut rentrer à Santiago.
Parcourir les milliers de kilomètres qui nous séparent en avion puis en bus et retrouver sa touffeur. Son agitation et ma quête.
Demain, j'ai rendez-vous avec Sandro Gaetes, ancien policier d'investigation, il a travaillé pour les juges chargés d'enquêter sur la disparition de Boris et j'attends son témoignage avec impatience.
Mais pour l'instant nous nous installons, accueillies par Margarita, pour notre dernière semaine chilienne. Sa maison est ronde, construite en briques rouges, et nous nous y sentons tout de suite bien.

Avec Margarita qui une nouvelle fois est mon interprète, nous retrouvons Sandro Gaetes dans un restaurant bondé. Il n'a pas besoin de se présenter, je connais son rôle central. En tant que policier d'investigation, c'est l'homme qui a passé le plus d'années à enquêter sur la disparition de Boris.
Appelé sur cette affaire en 2000 dans le cadre du procès contre les huit hommes suspectés d'avoir kidnappé Boris, Sandro a d'abord été au service du juge Guzmán. Un juge très compétent et engagé qui plaidait depuis 1998 dans le procès contre Pinochet. Guzmán commence en 2000 son travail sur le cas de Boris avec beaucoup de sérieux mais

il est malheureusement rapidement happé par d'autres affaires importantes. Tout se bouscule ces années-là. Des documents américains sont déclassifiés. Le procès Pinochet s'intensifie. Paul Schaefer se cache pour fuir un mandat d'arrêt.
C'est le juge Alejandro Solis qui prend la suite pour un temps, puis ce sera le juge Zepeda.
Lors de ses recherches orientées vers la Colonia, Sandro constate qu'il n'y a aucun document dans la secte attestant le passage de Boris. Pour la plupart des prisonniers politiques qui y sont passés, il y a des fiches de renseignements, des dossiers, et sur Boris rien, si ce n'est un classeur de coupures de presse et le fameux brouillon du détective Oscar, confirmant la thèse de la noyade. Je lui demande si la Colonia a pu détruire des preuves ? Avant les perquisitions, quand les dirigeants savaient que la police arrivait, ils allumaient de grands feux, un dossier sur Boris a bien pu y être brûlé ?
La question se pose. Sandro revient sur l'apparition du témoin Daniel dans l'affaire, il s'est posé tant de questions sur ce témoignage. Était-ce une stratégie pour disculper la police ? Pour faire changer de direction l'enquête et l'amener vers la Colonia ?
Sandro a cherché avec zèle à identifier ce Daniel qui prétendait avoir fait partie de la police politique chilienne. Il est allé interroger des agents du CNI (Centre National de l'Information), personne ne reconnaissait le portrait-robot de Daniel.

Daniel avait décrit sa patrouille comme travaillant au marquage de la frontière avec l'Argentine, alors Sandro est allé chercher qui s'en était occupé et a découvert qu'il y avait eu deux patrouilles attelées à cette tâche. Chacune a été interrogée. Personne n'a identifié Daniel, personne n'avait non plus entendu parler de Boris. Au sujet de Daniel, Sandro ne comprend pas l'attitude de l'ambassade américaine. Comment admettre que l'ambassade n'ait rien fait pour connaître la réelle identité de Daniel ? Après avoir recueilli son témoignage, il était essentiel de savoir qui était cet homme. L'ambassade se justifie en déclarant avoir promis à Daniel la protection de son anonymat. Sandro trouve ce motif insuffisant. Lorsqu'il est invité à l'ambassade pour une réunion, lui qui vient en tant que chef de la police d'investigation des Droits Humains de Santiago, il doit toujours présenter sa carte d'identité à l'entrée, comme n'importe quel citoyen. Cela ne lui paraît pas crédible qu'un homme leur ait donné son témoignage mais pas son identité. C'est en tout cas une faute.

Au fil des années, Sandro n'a pas relâché son enquête, il a mené des recherches dans différentes directions. Puisque la noyade était toujours l'hypothèse officielle, il est allé regarder du côté de la rivière Ñuble. Il y avait eu trois noyés les onze dernières années, tous les corps avaient fini par réapparaître. Il a également écumé les fichiers

des hôpitaux et des morgues, aucun mort non-identifié ne correspondait à Boris.
Sandro a ensuite pour projet de fouiller les zones où le corps de Boris aurait pu être enterré. La police chilienne n'ayant pas de chiens formés pour la recherche des corps inhumés, il faut faire appel à des ressources étrangères. Depuis le début des années 2000, un important programme se met en place entre la police chilienne, le FBI et l'ambassade des États-Unis pour former des policiers et des chiens au Chili. Les États-Unis ont donné leur accord pour financer l'opération, tout s'organise au mieux, cela redonne de l'espoir à Sandro. En bénéficiant de ce programme, ses recherches ont toutes leurs chances d'aboutir. Les Américains possèdent des photos satellites qui peuvent être utilisées pour situer précisément les lieux où de la terre a été remuée au moment de la disparition de Boris. Malheureusement, lorsque le juge Zepeda est informé de l'opération, il interdit la mise en place du programme et tout s'arrête. Sa décision est choquante et très ambiguë. Zepeda détruit ainsi des mois de collaboration entre les polices chilienne et américaine et toute perspective d'une nouvelle avancée.
Je l'ai vécu comme un effondrement, déclare Sandro.
Le procès contre les huit suspects du rapt a quand même eu lieu, mené par Zepeda, mais c'était une vraie mascarade.

Onze années sur ce dossier transmis de juge en juge, onze années pour aboutir à une sentence sans valeur. Je comprends la déception de sa sœur Olga, dit Sandro.

Et puis il rit quand je lui demande, complètement interloquée, pourquoi Zepeda a eu cette attitude, qui il protégeait de la sorte ? Il rit jaune. Zepeda a eu ce comportement flou dans toutes les affaires qu'il a traitées. Margarita et lui se regardent d'un air entendu. Il n'y avait aucune bonne raison de renoncer à l'aide que proposaient les Américains et qui aurait pu entraîner une avancée significative. Quand la justice d'un pays est minée par des saboteurs, comment cheminer vers la paix ? s'exclame Margarita.

Après avoir beaucoup parlé, Sandro m'interroge sur Boris. Ça l'a toujours intrigué que cet homme, éminent professeur de mathématiques aux États-Unis, soit venu au Chili en 1985 pour randonner dans les Andes, un juif russe, est-ce qu'il n'était pas espion à la solde de son pays d'origine ? Que cherchait-il ? Je dis que je n'ai rien trouvé en ce sens, ni du côté de sa famille, ni des amis, cela semble peu probable ou alors extrêmement bien caché. Et s'il avait été au service d'une puissance, n'aurait-il pas été mieux protégé ?

Sandro me sourit et acquiesce, la vérité est souvent bien plus simple que toutes les hypothèses complexes que nous pouvons imaginer.

3 avril 2019

Marcher dans Santiago,
dans quelques jours nous quitterons ce grand pays. Nous regardons les écolières en bandes sortir de classe en uniformes, elles rient et se poussent du coude sur le trottoir, elles mangent des biscuits et boivent des sodas, elles crient et se tressent les cheveux assises à l'arrêt de bus, elles avancent dans les rues, nous les suivons au hasard de notre déambulation dans Santiago, nous sommes fatiguées mais nous nous retrouvons dans leur nuée à la sortie d'un lycée et ce flot de vie nous porte. Elles sont déchaînées, elles parlent si vite que ça chante comme une grande rivière dans ma tête, on boit les dernières gouttes d'eau qui nous restent, nous cherchons l'adresse de la PDI, la police d'investigation chilienne, j'ai obtenu d'aller consulter leur dossier sur la disparition de Boris, nous arrivons dans la rue, nous entrons, j'ai rendez-vous et on m'invite dans un bureau dans lequel un homme fouille dans de grands classeurs. Est-ce que je peux photographier les documents? Oui, sauf ceux qui ont cette marque: *CONFIDENCIAL*.
Je photographie tout ce que je peux. Des masses d'interviews en espagnol, le portrait-robot de Daniel. Par la fenêtre la chaleur se déploie, les filles attendent sous le ventilateur de plafond qui

tourne à fond, on dégouline de sueur et je photographie.
Le policier me regarde, amusé, et nous discutons dans son peu d'anglais. Il se demande ce que je fais. Est-ce que je suis journaliste ? Non, écrivaine. D'habitude j'écris des histoires, des fictions. Cette fois ce sera un récit. Il dit que c'est intéressant. Je ne sais pas si tous ces documents vont m'être utiles, mais mieux vaut collecter trop que de regretter d'avoir laissé passer un indice.
Quand j'ai fini, nous nous glissons de nouveau dans les rues bondées, cette fois à la recherche d'un taxi. La voiture nous embarque, Santiago est immense, c'est l'heure des grands mouvements. C'est agréable de voir la ville depuis les fenêtres. Le conducteur doit avoir à peine vingt-deux ans, en discutant avec lui de mes recherches et de notre voyage je découvre que son grand-père a été pasteur à Parral, le village le plus proche de la Colonia, alors il connaît bien l'histoire de la secte allemande. Il est joyeux, je ne sais pas s'il rallonge exprès notre parcours dans la ville mais cela me semble très long, nous discutons, la ville sombre dans la pénombre, les lumières s'allument, c'est un film aux fenêtres, nous traversons des quartiers très chics que nous n'avions jamais vus, des quartiers de buildings immenses aux vitres clinquantes, des quartiers de villas avec jardin et piscine, si bien entretenus que l'on se croirait dans un décor. Santiago est une ville coupée en deux.

Le Nord pour les riches, le Sud pour les autres. Et le contraste est saisissant. Durant notre premier séjour nous étions logées côté populaire, au milieu des Poblaciónes, des maisons de bric et de broc, et nous avions passé notre dimanche dans l'immense marché qui emplissait le quartier. Nous y avions acheté des pastèques, quelques fripes, du thé inca et plein d'avocats. Ce second séjour, nous le passons au Nord, chez les privilégiés. La frontière est nette, aucun entremêlement. Seul le centre-ville accueille au moins dans la journée une foule bigarrée et des passages d'humains de toutes classes sociales. Mais dans les quartiers résidentiels, on sait tout de suite où l'on se trouve. Pas de doute.
Boris, il y a trente-quatre ans, n'est même pas resté quelques heures à Santiago, il a tout de suite pris le bus pour le Sud, il est arrivé à Los Angeles et après une nuit seulement en ville, s'est fondu dans les montagnes parmi les lacs et les rivières sauvages.

4 avril 2019

Ce matin, Luis Enriques, un ancien de la PDI, vient boire un verre avec Margarita et moi au centre-ville. Complet-veston gris et belle moustache, l'homme a près de soixante-dix ans, je sens que son expérience va m'être précieuse. Il en a vu et connaît son pays. Après avoir échangé quelques banalités et présentations, il parle de son métier. « Dans les enquêtes de police judiciaire, s'il n'y a pas de preuves scientifiques, de traces concrètes, matérielles, analysables, il ne reste jamais que des hypothèses.

« Alors ce qui est essentiel, c'est de bien remettre l'affaire dans son contexte. Pour Boris, le contexte c'est la dictature, c'est central, il ne faut pas l'oublier. Entrer dans un pays qui est une dictature, ce n'est pas anodin. À cette époque, un étranger qui arrive pour voyager seul dans le pays sans bonne raison apparente est automatiquement repéré et suivi. Selon moi, le CNI a surveillé Boris dès son arrivée au Chili. Ce n'est pas une époque où on laissait un Américain, qui plus est d'origine russe, se balader tout seul dans la nature sans avoir un œil sur lui. »

En 1985, les tensions entre les gouvernements américain et chilien existaient depuis longtemps. Il y avait eu l'assassinat à Washington d'Orlando Letelier en 1976, un ancien ministre de Salvador

Allende, tué en pleine rue par une voiture piégée. Le gouvernement des États-Unis avait certes soutenu le coup d'État de Pinochet en 73, mais il n'appréciait pas qu'un acte terroriste commandité par le général ait eu lieu en terre américaine. À la suite de cet attentat il y a eu des sanctions et un embargo sur les armes. Les tensions entre les deux pays ont grimpé.

Alors en 1985, un individu qui arrive seul au Chili, un Américain instruit, intellectuel, et d'origine russe, c'était un très bon suspect, le profil parfait de l'espion.

Pour Luis, il est logique que Boris ait été arrêté une fois arrivé aux abords de la Colonia. L'interrogatoire a sûrement été trop violent pour qu'il soit ensuite relâché, il a donc fallu le faire disparaître. Luis pense que ceux qui l'ont interrogé sont plutôt des spécialistes, c'est-à-dire des personnes du CNI, ou de la Colonia. Il a du mal à croire que les quatre carabiñeros de cette petite vallée se soient chargés tout seuls de quelqu'un de cette importance. Une affaire d'espion n'était pas de leur ressort à cette époque. Cela relevait de compétences qu'ils n'avaient pas.

Ce qui est certain, répète Luis, c'est que Boris était très vulnérable en tant qu'individu seul au Chili à ce moment-là. C'était comme de marcher en permanence dans un champ de mines.

hypothèse
antithèse
synthèse
brouillard
ruisseaux
cailloux
les mathématiques résolvent des équations
j'espérais résoudre une absence
synthétiser un mystère
thèse
hypothèses
synthèse
la beauté des mathématiques
c'est leur fiabilité
l'incertitude
c'est la beauté de la vie
et son ombre
féroce   Boris   Chili   1985
poser des lettres sur le papier
taper des mots et des chemins de peut-être
et regarder
aujourd'hui
1er février 2021, dehors, le ciel et les nuages,
le passage du vent, mon étonnement de ce temps écoulé,
il y a trois ans, la curiosité pour ton histoire,
il y a deux ans les voyages,
il y a un an le silence de la maturation
aujourd'hui l'écriture.

Retour

C'est l'heure des adieux au Chili.
Des au revoir à Margarita.
Cette semaine passée chez elle m'a fait mesurer à quel point elle est active, entre sa profession de médecin et son implication en tant que présidente de l'association, elle jongle avec dextérité pour faire bon usage de son temps. Lorsque nous sommes parties en ville hier, j'ai découvert qu'une trousse de toilette l'attendait dans la voiture où elle a l'habitude de profiter des bouchons pour ses soins de beauté. Je me sens emplie de reconnaissance pour tout le temps et le soutien qu'elle m'a accordés.
Mais je la laisse aujourd'hui en proie à une nouvelle qui la préoccupe. La Villa Baviera est sur le point de vendre des hectares de terrain à une firme privée. Cela anéantit toutes perspectives de fouilles. L'association cherche un moyen de pression pour empêcher l'affaire mais les perspectives de succès sont minces. Il y a tant de combats à mener. Margarita me sourit devant sa porte, nous filons en disant *Merciiiii.*

L'avion décolle, nous quittons la terre chilienne. Nous passons par Rome. Nous ne voyons que son aéroport.

Nous atterrissons à Paris. Nous retrouvons des aimés dans les bras desquels nous jeter à l'arrivée. Je boitille, mais je suis debout.

Moscou, 2020

En mars 2020, je pars rencontrer des amis de Boris dans sa ville natale. Me voilà à Moscou tandis que le Coronavirus gagne du terrain. Les amis de Boris ne sont d'accord pour me rencontrer qu'après deux semaines de quarantaine. J'attends. Je suis en résidence pour un mois.

Je loge dans un appartement au sein d'une ancienne usine devenue lieu de création, d'exposition. Je marche dans la grande ville, la crainte du virus s'infiltre en Europe. Je ne vois rien venir. Je suis souvent dans les églises dorées, j'écoute les chants sacrés, les voix qui résonnent, les psalmodies, l'encens, je regarde les gens se pencher sur les icônes et les embrasser, il neige, je marche, je n'ai plus vraiment de pensées ou d'objectif, mes plans sont déjoués comme l'an passé avec ma jambe cassée. Je commence à avoir l'habitude.

J'échange quelques e-mails chaleureux avec les amis moscovites de Boris. Je me fais des salades, je mange beaucoup de cornichons à la russe, et puis j'ouvre une bière toute seule dans l'appartement blanc. J'écoute des chants orthodoxes en marchant dans les grandes avenues, des chants enregistrés dans une basilique qui n'est pas loin de mon logement. Moscou me rentre dans la peau doucement sans que j'y prenne garde. Moscou me devient familière. Je lis en cyrillique, j'adore

me promener dans cet alphabet, apprendre quelques mots russes que je trouve splendides. La langue de Boris, celle de son enfance gardée bien vivante dans ses poésies et ses liens intimes.
Je visite le musée de la mémoire juive. Entre deux flocons de mon errance moscovite, je sens Boris présent, dans ce pays de sa jeunesse.
Moscou.
Au bout dix jours, les événements se précipitent, tout ferme.
L'Europe annonce un confinement, les frontières se bouclent, je dois partir précipitamment.

Cette fois je rentre bredouille, sans les témoignages espérés. J'ai eu le temps de marcher sur la terre russe, et c'était important pour moi.
L'enquête devient plus impalpable, c'est peut-être ce que je cherche à présent, une invisible trame, l'aile du papillon, les liens souterrains.

Avril 2020

Je renonce à y voir clair.
Ou plutôt, j'arrête de chercher dans tous les sens. De tourner en rond.
Les questions sur la disparition de Boris semblent sans fin.
Y a-t-il des anciens colons en Allemagne qui savent quelque chose ? Des anciens policiers en prison au Chili qui pourraient parler ? Peut-on retrouver Oscar Tapia Duran et comprendre pourquoi ce détective a travaillé avec la Colonia ?
Je dois faire un constat, ceux qui savent ne parlent pas. Et les questions ouvrent d'autres questions, elles appellent à prendre du recul.

C'est difficile de lâcher.
Mais je ne veux pas ressasser ma colère sans fin, je veux digérer ce parcours, laisser reposer, être en paix.
Ce sont des hommes qui ont fait disparaître Boris et ces hommes sont peut-être encore en vie aujourd'hui. Ils vivent avec cette mémoire en eux. Et ils ne parlent pas. Et nous, nous devons apprendre à vivre en paix avec la blessure, le silence.
Je suis admirative de la force d'Olga, ces trois années m'ont éprouvée, je comprends aujourd'hui comme il est difficile une fois impliquée dans cette quête de renoncer à savoir. En réalité

on ne renonce jamais. Mais on peut se mettre en veille, être en perpétuelle alerte n'est pas vivable sur le long terme.

« Mais c'est mon frère, répète Olga, comment faire autrement ? »

3 février 2021

Je regarde le calepin orange plein des notes prises au Chili il y a deux ans déjà.
Des listes de noms, des adresses et des impressions.
Une pile de documents dans un gros classeur, et là, au milieu, la photo de Beaurhys.
En 2020, Anna, la fille d'Olga, a donné naissance à un fils.
Beaurhys est né en avril, pile un jour avant l'anniversaire de son grand-oncle.
Il est là. Resplendissant sur les photos. Et cette vie nouvelle, je l'entends dans les messages d'Olga, ramène à la joie du présent une grand-mère qui avait été si prise par le passé.
Je ferme le gros classeur, je clos le lourd dossier, je regarde par la fenêtre. Je salue les branches qui ploient dans l'air, tous ces vivants dont je fais partie, tous ces morts auxquels je suis liée.

Je suis née avant ma naissance.
Tu mourras bien après ta mort.
Nous sommes tissées les unes des autres.
Devenir soi c'est reconnaître ces ramifications et trancher dans le vif,
honorer ces liens de ruisseaux et délier nos souffles,
pour peut-être devenir heureuse d'être poreuse.

Alors je les vois
ces liens
invisibles
qui nous mêlent
nous augmentent
nous précèdent
et nous poursuivent
que l'on cherche en soi
et au-dehors
à comprendre
à dénouer
à suivre
à aimer partout

je les vois

et ils me rassurent
dans cette toile immense et vivante
et je vois comme j'ai été heureuse
de me mettre en mouvement jusqu'aux confins
du Sud chilien
de déceler en moi des racines de sang
et des peurs inconnues,
d'être vivante
au milieu de
tout ce réel

Achevé d'imprimer
en janvier deux mille vingt-trois
sur les presses de CORLET,
à Condé-sur-Noireau, France,
pour le compte des Éditions Zoé
Composition CW Design, Belgique

PEFC 10-31-1510 / Certifié PEFC / pefc-france.org

IMPRIM'VERT®